[代號：安娜塔西亞]

volume one

CODENAME ANASTASIA

Presented by
Boyseason | Han | Salmonpink

SECRET MISSION

CODENAME : ANASTASIA

CONTENTS

0827.0501

VOLUME ONE

ZHENYA X TAEKJOO

BY BOYSEASON

SECRET MISSION

01.Prologue

LOADING......

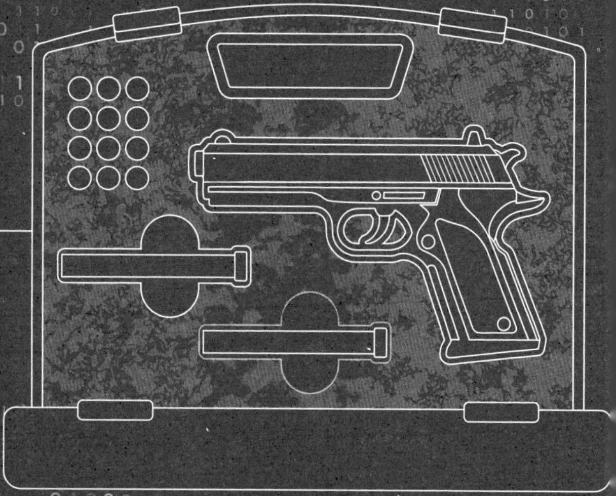

CODENAME : ANASTASIA
ZHENYA X TAEKJOO

下午七點四十九分。釜山港國際客運碼頭。

夜幕降臨，漆黑的碼頭上正忙著準備出航工作。五千噸級的釜關渡輪在忽明忽滅的路燈下展現出她的雄偉。這艘每天固定一班次的輪船，將在明日上午抵達日本的下關市。

提前結束登船作業，出入閘口關閉，完成了最後裝卸工作的起重機也功成身退。客運碼頭的所有燈光迅速熄滅，四周完全陷入夜晚的靜寂中，唯獨被拴在岸邊的渡輪漂浮在蕩漾的黑色海面上。

船艙內部充斥與外頭截然不同的氣氛。早早進入艙房躺平的都是些跑單幫的小販，大部分的乘客則是一臉興奮，忙著在輪船上四處參觀。三三兩兩的人群圍著走廊上的小桌子喝酒，也有人把握機會，用相機記錄下每個瞬間。人們群聚的地方總是充滿喧騰笑聲，就算是颳著冷風的甲板上，也別有一番風情。即將啟程的期待與興奮讓船上的每個角落都吵雜不斷。

權澤舟就身處在這樣的人聲鼎沸之處。他身穿休閒西裝，披著一件羊羔毛夾克，裝扮與那些商業販子大相逕庭，但臉上極度倦怠的表情，卻和那些販子們一模一樣，看起來一點也不像住在豪華套房裡的人。

權澤舟不時拉起袖子確認時間，追逐秒針的視線規律地移動。八點整，宣告出航的長長汽笛聲劃破海面。他按時走向陽臺。

站在私人陽臺上，下方的甲板一覽無遺。旅客們仍然一心顧著拍照留念。周遭光線如此昏暗，恐怕很難拍出什麼成功的照片，人們卻還是快門連發。權澤舟漫不經心地看著他們的舉動，左耳突然響起一道微小的電波音，接著是某個人的說話聲：

『享受著海上浪漫之夜的心情如何？』

「還不賴。既嘈雜，又混亂，同時也很枯燥乏味。」

耳中的通訊設備傳出一陣低笑。權澤舟的目光依舊盯著甲板的方向，謹慎觀察來來往往的每個人。並沒有發現特別顯眼的人物。

「回報進度。」

『聯絡人金英熙、保衛部幹部李鐵真兩人確定皆已登船。李鐵真偽裝成中國籍旅客，大概一到日本就會轉往中國。金英熙則是已經訂好明晚從下關出境的渡輪。』

「這樣的話，他們應該會在抵達前碰頭。」

權澤舟喃喃自語著，倏地離開了陽臺。耳機那頭的人問他現在是不是正要趕過去。

權澤舟直接走出房間，在空無一人的走廊上回答：

「我發現那些善於捉迷藏的，反而都是些膽子很大的傢伙。」

目標人物彼此要碰頭的話，混亂的現在正是最佳時機，人少時反而容易引人注目。

權澤舟兩三步併作一步地跳下螺旋梯，看見一群人聚集在二樓的餐廳門口。他從旁經過時逐一確認他們的臉孔，仍未發現特別顯眼的對象。權澤舟立刻走下通往一樓大廳的階梯，簡短給予指令：

「打給我。」

手機馬上開始振動，權澤舟任由它響，等到他來到階梯中段時才接起電話。他說了一聲「喂」，接著和默不吭聲的對方假裝閒聊了起來。權澤舟一邊講著電話一邊漫無目的地踱步，沒有人對他起疑心。

就這樣過了一會，有個女人從他身後經過，高高立起的領子顯得很不自然。權澤舟的黑眸不動聲色地追逐她的身影。

女人越過服務臺，在電梯旁的自動販賣機前駐足，似乎在挑選飲料。遇到有人要購買時，她還讓給別人先使用。

等到路人都離去，周圍安靜下來之後，女人掏出一張日幣千圓鈔。考慮了這麼久，女人最後選擇了一瓶綠茶。隨著自動販賣機找了一堆零錢，飲料也「砰」的一聲掉落。女人神態自然地取出綠茶，並仔細收好那些零錢，然後走上階梯回去二樓。權澤舟假裝沒看見她，女人也沒有特別注意到權澤舟。

『目標正在接近當中。』

女人上樓離開後，通訊設備裡的嗓音喚起權澤舟的注意。

「知道了，晚點見。」

用普通的問候作結，權澤舟按下結束通話鍵。這時，一名戴著深藍色毛帽的男子從大廳後側的通鋪房走出來，大步走向自動販賣機。

男子掏著口袋中的零錢，同時不斷地東張西望，態度異常謹慎。等了好一陣子，男子才掏出一枚百圓銅板要投幣。

一隻手臂猛然他肩膀上越過，清脆的鏘啷聲接著響起。非常令人熟悉的聲音，就像是銅板進入投幣口時會發出的聲響。然而藍色毛帽男子的硬幣依然在握在手上。冷不防插隊的手還若無其事地選了飲料。

「這是……」

男人隨後才反應過來。飲料罐掉落，發出一連串沉重的聲響。權澤舟正自然地伸手要取出飲料，毛帽男連忙攫住他的胳膊。預料之外的情況讓男人顯露出驚慌，不假思索地脫口大罵：

「混帳傢伙，你這是在幹嘛！」

「看你這樣猶豫不決的根本下不了決定，我怕再等下去天都要亮了。」手被扣住的權澤舟理直氣壯地回應道。他的語氣裡帶著一股做作的扭曲感，臉上的淺笑中完全找不到一絲歉意，像一直期待這場衝突發生。好像不太妙，感覺很不對勁。男人的本能比大腦更早一步感知到危險。

毛帽男的眉毛動了動，一時的憤怒從僵硬的臉龐上消退，顯露出焦急的情緒。他的呼吸開始加速，額頭上不知何時沁出一層冷汗。

「喝！」

毛帽男陡然掀開販賣機取物口蓋板，打算先將東西搶到手再說。權澤舟毫不猶豫地一腳踩在蓋板上。

「呃啊！」

手被夾住的男人痛叫一聲。權澤舟的表情卻一派從容，彷彿什麼事都沒發生。

「你這瘋子！」

碰上接連的挑釁，男人一把拽住權澤舟的衣領，氣急敗壞地狠瞪著他。權澤舟的眼睛卻眨都不眨一下，只是來回看著自己被揪住的衣服和男人的臉龐。男人因為他異常輕鬆的態度而皺緊了眉頭。

權澤舟這時反過來抓住男人的手腕。緩慢的動作彷彿要讓對方將他的一舉一動刻在腦海裡。男人眼眶下方的肌肉抽動著，原本瞪著權澤舟的雙眼不知不覺看向自己的手腕。對方毫不留情的強大握力令他完全無法忽視，同時，他也在心中確定了自己成功的希望有多渺茫。

權澤舟轉頭掃了一眼開始圍觀的群眾，口吻尖酸地喃喃：

「唉，我行事一向低調，最不喜歡的就是引人注目，你應該能理解吧？李鐵真先生。做我們這一行的不都是這樣嗎？」一聽見自己的本名，男人終於明白權澤舟是什麼來頭，上一秒還滿是惱怒的臉瞬間發白。

乘客們不斷聚集過來，將兩人團團包圍。看熱鬧不嫌事大，循著騷亂而來的人們臉上帶著一絲莫名的期待。再拖下去只會越來越棘手，老鼠被逼急了也是會咬貓的。權澤舟不確定，如果繼續對李鐵真施壓，不知道會不會讓他做出無法預測的突發行為。萬一傷及一般民眾，可不是靠一兩頁報告書就能擺平的。

思及此，權澤舟使力拽緊了李鐵真的手臂。沒想到，對方忽然自嘲似的發出一聲嗤笑。

「……這樣啊，原來如此。」

李鐵真不再偽裝他的身分和口音。情報人員的身分一旦暴露，就只有兩條路可走：要麼吞下事先準備好的毒藥自盡，要麼用武力脫逃。好不容易快要到手的東西怎麼能輕易放棄，李鐵真這次選擇的應該是後者。

見他一下子將手伸進外套口袋裡，權澤舟倏地將他手臂高舉，利用他遲疑的空檔一把掐住他脖子，直接將他的後腦杓狠狠撞向自動販賣機。

撞擊發出巨響，整臺自動販賣機被撞得搖晃，李鐵真也承受不住重擊而腳步踉蹌。就在這剎那，權澤舟抓住他手臂用力一扭，動作俐落地奪走了李鐵真的槍。見到不知從哪冒出來的槍械，圍觀的群眾大聲驚叫，紛紛後退。

權澤舟毫不在意，往李鐵真的臀部用力一踢。李鐵真臉部著地，整個人倒頭栽在地上。頭部接二連三受到撞擊，讓他一時半刻回不了神。

趁這時候，權澤舟掀開自動販賣機的蓋板，從裡面取出USB。這是先前那個女人所留下的東西。根據消息，裡面應該存有跟國家機密相當的高等級情報。

「請借過一下！不好意思！」

這時，一名船務人員穿越人群過來，看樣子是接到了乘客的通報。權澤舟下意識地朝那人看去時，霍然聽見一句冷聲的嘀咕：

「哪有這麼容易就掛掉的。」

不祥的預感讓權澤舟回頭，立即和李鐵真四目相對。發現他眼中散發著怪異的光芒，權澤舟暗叫不妙。李鐵真沒有錯過眼前的機會，朝正在關切發生什麼事的船務人員衝過去。

「……咦！」

事情發生在一瞬間。李鐵真一手勒住船務人員的脖子，另一隻手轉眼已亮出利器。

「天啊——！」

「呃啊啊啊啊！」

散發寒光的刀刃讓乘客們驚恐地四處逃散，唯獨剩下權澤舟還留在原地。

權澤舟習慣性地咬著下唇。每當事情進展過於順利，他反倒會覺得不安。風光的開局未必會有好的結果，這樣的情況已發生過太多次，這回果真也不例外。

李鐵真將匕首換到挾持人質的那隻手上，人質嚇得發出慘叫。權澤舟有些傷腦筋似的搔了搔頭。

「把那個交出來！」

李鐵真伸出手要求道，鋒利的刀刃完全抵上人質的咽喉。權澤舟只是看著這一幕，沒有任何反應。李鐵真焦急地揮動著手催促，甚至還大吼著威脅權澤舟趕快將東西交給他。人質的臉色隨著他的每一個動作越漸慘白，急促的呼吸像抽噎的哭泣聲。

權澤舟看了看手中的USB，然後一點也不留戀地拋了出去。小小的隨身硬碟丟到了人質的身體，掉落在地。李鐵真反射性俯下身要去撿，又立刻改變了想法，要人質代替他去把東西撿起來。

人質用顫抖的手撿起那個USB，面對這生死關頭，他的褲子已經不爭氣地溼了一大片。李鐵真強行扶起腿軟無法站穩的人質，開始一步一步地向後退。

見他想逃，權澤舟也慢慢地跟著移動。李鐵真退後多少，權澤舟就往前逼近多少，果斷的步伐彷彿絲毫不顧人質的安危。李鐵真再退一步，權澤舟又跟著跨了一大步。李鐵真慌了，連大吼的聲音都狼狽地發啞：

「不准跟過來！」

然而，這句要脅根本起不了作用，權澤舟照樣朝他步步進逼。雖然兩人之間保持著一定的距離，被追趕的一方內心的焦急卻難以言喻。

「還不快給我停下！」

「救、救救我！」

人質搓著合十的雙掌哀求。浸溼他褲子的尿液此刻正滴滴答答流到地上。時間彷彿停止了一瞬，所有的動作和聲響都靜下來。

李鐵真試探性地倒退一步，結果權澤舟又再次跟上來。逼得李鐵真簡直快要跳腳抓狂。權澤舟似乎完全不把脖子滲血的人質放在眼裡。

「該死的兔崽子，叫你停下你是沒聽見嗎？」

就算咆嘯怒吼也無濟於事。權澤舟的臉上見不到任何妥協的跡象。即便人質可能有生命危險，他似乎也不打算退讓。可以肯定的是，假如人質真的喪命，李鐵真恐怕也難逃一死。權澤舟帶著壓迫感的沉靜目光中隱含了這些訊息。

「可惡……！」

李鐵真很快地放棄和權澤舟繼續對峙，猛力推開人質，然後大步跑上後方的階梯。權澤舟將倒在地上的人質扶至一旁，隨後便朝李鐵真追了上去。

一來到二樓，權澤舟注意到甲板出入口正好湧進來一大批人，他馬上轉身往那邊走去，很快就看到了逃跑中的李鐵真。權澤舟沒有奔跑，只是稍微加大步幅，速度也加快了一點。他完全不需要著急。畢竟這艘船正駛向茫茫大海，李鐵真無異於甕中之鱉。

權澤舟悠哉地尾隨慌張逃跑的李鐵真。強勁的海風把權澤舟一頭黑髮吹得恣意飄揚，無形中散發一股脅迫感。

『前輩，剛剛有人從釜關渡輪向海洋警察廳報案，說船上有武裝分子。這是怎麼回事？』

耳內的通訊設備突然傳來先前的嗓音。

「晚點跟你說，我現在有點忙。」

權澤舟直視終於逃到欄杆邊的李鐵真。耳機裡的人隨即出聲勸阻，但權澤舟毫不猶豫地關掉電源。如此一來，就只有李鐵真和權澤舟兩人單獨留在這個寒風刺骨的甲板上。

李鐵真茫然地望著深不見底的大海，用力握緊欄杆。與此同時，權澤舟仍繼續朝他逼近，陷入絕境的李鐵真舉起凶器在空中胡亂揮舞。他想盡辦法要逃脫，但只是徒勞。

一旦開始畏懼對方，他的威嚇就失去了作用。

權澤舟從容地朝正在作困獸鬥的李鐵真走去。李鐵真在迅速靠近的權澤舟和翻滾的黑色海浪之間來回張望，不斷拿刀對著空氣亂砍。

「不要過來！」

「我叫你不要過來！」

他手足無措地發狠咆哮，權澤舟則是不慌不忙地掏出了柯爾特手槍。李鐵真手上的刀子瞬間淪為一塊廢鐵。

原本惴惴不安的李鐵真，注意力卻忽然從權澤舟身上移開，一雙眼開始探尋權澤舟身後的某個地方。

下一刻，「砰」的一聲，權澤舟的槍口發出火光，飛射的子彈準確地擊中了目標。有人發出慘叫，倒下的卻不是李鐵真，而是悄悄接近權澤舟的金英熙。

金英熙米白色的外套染上赤紅鮮血。她抓著被打廢的右手，直接跌坐在地，手上的柯爾特在掉落的同時朝空中射出一發子彈。無從得知她槍口原本瞄準的對象究竟是權澤舟，還是暴露了身分的李鐵真。

權澤舟再次面朝前方。李鐵真這時已扔掉了刀子，正背對著他。抓著欄杆的李鐵真做了個深呼吸，肩膀自然地聳起，背部因吸氣而鼓脹。不好的預感閃過腦中的那一霎，站在欄杆邊緣的李鐵真整個人向外翻了出去。

「……！」

權澤舟立刻朝著欄杆衝去，可是在他抵達前就已傳來「噗通」一聲。往下一看，只見黑壓壓的海面激起了一圈雪白的浪花。

權澤舟四處搜索，卻遍尋不著李鐵真的身影。隔了好一會之後，才終於在白色的水花中看到李鐵真浮現的頭顱。從這麼高的地方跳下去，簡直是不要命了。

然而，彷彿在嘲笑他內心想法，突然不知從哪裡冒出了一艘船。這艘老舊的木製漁船上沒有半點燈火，就這樣朝他們駛近。或許正因如此，這艘船才有辦法躲過偵查機關的監控系統。

隱沒在黑暗中的木船緩緩靠近李鐵真。權澤舟猛然驚覺，這才是對方真正的逃脫路線也說不定。他們可能是用回程票來混淆追捕者視聽，等東西交付完成，就立刻在海上上演人間蒸發的戲碼。

權澤舟隨即開槍射擊，但要狙擊一艘根本看不清楚的船並不容易。對方雖然是目標人物，但要是不小心擊斃他，事情會變得更複雜。當初如果有得到射殺准許，想必也不至於演變成這般情景。

這次行動的目的是徹底剷除那些長期在南韓定居、在社會上擔任要職，並竊取國家機密的北韓南派間諜。和他們暗中勾結、在背後提供支持的人並不少。在還沒摸清根源之前，不宜貿然斬斷外側的枝幹。

渡輪在這期間持續行進，與漁船拉大距離。漁船駕駛艙走出來一名男子，把李鐵真從海中拉上船。李鐵真首先脫掉溼漉漉的外套，果不其然，他的身上纏滿了各種浮力裝置。他站在漸行漸遠的船上舉起了手，好像在嘲笑權澤舟似的，臉上洋溢著勝券在握的自信。

權澤舟低聲輕笑，又立刻收起笑容，轉身走向倒在地上的金英熙。

被槍射中一條手臂，讓金英熙痛得渾身發抖，但她仍拚了命地從懷裡掏出某樣東西——是一顆毒藥丸。見她打算自我了斷，權澤舟立刻手刀砍向她的後頸。金英熙當場失去了意識。為了防止她醒來後自戕，權澤舟將手帕塞進她嘴裡，接著將她左手一擰，反扣在背後。

權澤舟無意間往下一瞥，發現她無名指上戴著一枚戒指。那戒指近乎全新，看來是最近剛買的。

「戒指滿漂亮的嘛，我就幫妳再搭配個手鐲吧。」

拿出手銬的權澤舟如此嘲諷著。伴隨清脆的喀嚓聲，手銬牢牢扣住了手腕，另一端則是固定在欄杆上。

等這一切處理完畢後，他才重新打開通訊設備。

「八秒鐘之內趕來我這裡。」

對方懷疑自己聽錯，反問他：「什麼？」權澤舟卻不予理會，注意力已經轉移到他的手錶上。按下手錶側邊的重置按鈕，顯示時間的數字錶面立刻消失，變成了方位的標示圖。趁著和李鐵真近距離交手，他在對方腰間安裝了追蹤器。顯示位置的紅點正漸漸遠離追蹤範圍。不能再耽擱下去了。權澤舟輕輕吸了一口氣，猛然朝渡輪的尾端拔腿奔去。

衝到甲板的盡頭，權澤舟毫不猶豫地踩上欄杆縱身而跳。霎時間，眼前一片漆黑，感覺風從四面八方吹來，穿透他的身體。墜落的時間比想像中來得久。

「噗通」一聲巨響，海面激起滔天水浪，權澤舟轟然墜入烏黑的深海裡，肉體遭受猛烈衝擊的感覺，宛如全身肌肉都被撕裂開來。海水一舉湧進身上的每個毛細孔，氣泡不斷在周圍炸裂浮升。權澤舟短暫地在海中漂浮，藉此緩解方才的衝擊，並慢慢划動手腳，試著在強力的水流中穩住身體。他睜開眼環顧四周，伸手不見五指的海中，連一縷微弱的光線都透不進來。

權澤舟使出全力蹬上水面，但接連襲來的浪頭打得他難以招架。

他勉強抬起手腕，再次按下手錶的重置鈕。剛才的方位圖消失了，整塊數字錶面發出刺眼的光束，朝空中直線射去。過了大約兩三秒，耳邊傳來熟悉的馬達聲，是汽艇的引擎聲響。那聲音越來越大，隨後又逐漸減弱。被螺旋槳拍碎的白色浪花打在權澤舟的肌膚上，緊接著，頭頂傳來一陣嘮叨聲：

「哎喲喂，再晚一點就要變成溺死鬼了。」

尹鍾佑急匆匆地趕來，權澤舟抓住他伸出的手，一口氣爬上那艘汽艇。渾身溼透的感覺極為不適。面對嚴酷的低溫，權澤舟還是先將手錶解下來扔給尹鍾佑。尹鍾佑一句話也沒問，隨即駕駛著汽艇，全速朝著方位圖上的紅點追逐而去。權澤舟這時才脫下浸溼的外套，稍微喘了口氣。

汽艇劈開深黑色的海面，飛速疾駛。船身在滾滾浪濤中一下又一下地彈起再落下。先前幾乎快脫離偵測範圍的紅點變得越來越近了。

嗶、嗶、嗶、嗶、嗶嗶嗶嗶嗶——

眼見那艘木製漁船進入視線範圍，雷達的提示音也更為急促。悠哉逃逸的木船應該也發現了有人在後方追趕。

駕駛艙冒出一名手持步槍的男子，一出來就對著他們連開數槍。尹鍾佑咬牙，抓著方向盤使勁一扭，船體急速轉彎，掀起洶湧的水花。飛來的子彈大部分都沒有命中，但其中一顆還是射進船身的某個邊角上。幸好沒有擊中汽艇的引擎或油箱，不然就要上演大半夜的海上煙火秀了。

木船仍舊藏匿在完全的漆黑之中，周圍沒有任何光線。想要在這種狀態下成功不殺害對方並將其制伏，幾乎是不可能的任務。他們只要稍微靠近目標，子彈就會毫不留情地飛過來。上頭竟然下令要他們生擒活拿這些持有槍械的武裝分子，真是有夠荒唐。

攻防戰反覆持續了一陣子。對方只要開槍攻擊，尹鍾佑就改變方向閃避子彈；每當嘗試接近目標，又因對方的射擊而無法繼續前進。尹鍾佑煩躁地搥了一下方向盤，目標就近在眼前，卻動不了他們一根手指，他感到氣惱不已。

「讓開！」

權澤舟把他拖出來，自己溜進駕駛座，朝著漁船直直開去。尹鍾佑因汽艇暴衝的反作用力而失去平衡，摔了個四腳朝天。

「呃啊啊啊！前輩，要撞上了！要撞到了啦！」

好不容易從地上爬起來的尹鍾佑驚慌地大喊，而權澤舟反倒加快了速度。步槍的射擊也變得更加凶猛。權澤舟故意讓汽艇側滑傾斜，將大量的海水濺在木船甲板上，對方的攻擊這時才有所收斂。權澤舟駕駛汽艇直接超越漁船，領先了一大截，然後猛打方向盤，做了一個大幅度的迴轉。引擎因超出負荷而發出刺耳的異音，旋轉角度過於劇烈，汽艇差點翻覆。臉色蒼白的尹鍾佑在船體快速轉向並再次衝刺時，不可避免地又摔倒在地。

權澤舟特意拉開距離後再折返回去，將快艇航速加到最大。眼見消失在黑暗中的快艇再度出現，漁船那邊也顯得十分慌張，密集掃射的槍火透露對方的焦躁不安。

在這樣的槍林彈雨下根本找不到還擊的機會。尹鍾佑忙不迭地用雙臂抱住頭部自保。

「這樣下去我們真的會沒命！會死掉的！呃啊，要死了、死定了！你到底有沒有在聽啊！你這個瘋子！」

嚇得魂飛魄散的尹鍾佑毫不掩飾地對上司破口大罵。權澤舟卻無動於衷，繼續全速前進。

這樣直衝過去，兩艘船十之八九會迎面相撞。尹鍾佑緊閉雙眼，頓時想起了遠在鄉下的父母，不禁紅了眼眶。母親兩個月前寄了辛奇來，他到現在都還沒匯錢給她。任務開始之前還看到母親傳了封訊息，罵他是個「不成材的傢伙」，令他感到耿耿於懷。嗚，老媽……

漁船上的人也有同樣的預感。他們見到加速衝過來打算同歸於盡的汽艇，一時也不知所措，最後幾乎在同一時間跳海逃生。現在，兩艘船的距離剩不到五公尺，衝撞在即。絕望與無助讓短短幾秒鐘漫長得如同永恆。

權澤舟這時再次大力扭轉方向盤。急煞的快艇無法抵消高速前進帶來的慣性而劇烈搖晃。船體衝破水面，甩出一條長長的弧線，即便如此，仍無法避免撞擊。照理來說應該是這樣。

權澤舟這時也該棄船逃生了，但他卻繼續抓著方向盤不放。木船右側和快艇尾端就這麼撞在一起，發出「砰」的巨響。兩艘船因為衝擊力而猛烈晃動，摩擦的地方迸發出明亮的火花。整艘快艇在剎那間騰空而起。

「……呃？」

動盪平息後，尹鍾佑偷偷睜開眼。一切歸於平靜。他發現自己還在快艇上，沒有泡在冰冷的海水裡，權澤舟也安然無恙地待在駕駛座。雖然快艇尾端冒出黑煙，木船右側也被撞出了一個大洞，但除此之外並無大礙。繃緊了一切神經的緊張感瞬間瓦解，他渾身發軟，連站都站不起來。

引擎不一會熄了火。失去動力的快艇隨著起伏的浪濤飄向了木船。兩艘船頓時靠在一起，不時發出輕微的碰撞聲。權澤舟從駕駛座起身，俐落地跳到了木船上。尹鍾佑這時才回過神來，摸索地面撿起了自己的柯爾特手槍。他們的任務尚未結束。

權澤舟登上漁船後，拿出手電筒在四周照了照，發現了在無處可逃的深海上拚命泅水的兩道人影。他注視著對方奮力的樣子，拿起放在一旁的漁網，確保網子不會打結，接著朝逃亡者撒去。漁網在空中大幅開展，兩個慌亂的男人被天外飛來的網子網住，越掙扎，就越難以脫身。

權澤舟看著這幅慘烈的求生景象，接著開始轉動與漁網相連的捲揚機。木船上的捲揚機是手動的，使用時發出鐵鏽傾軋的尖銳聲響。操作起來比想像中還要辛苦。

「……」

權澤舟冷不防回過頭，只見用把風當藉口在一旁看戲的尹鍾佑也默默上了漁船。大概是他自己也覺得有點不好意思，轉捲揚機轉得比權澤舟還要賣力。沒多久，李鐵真和他的同夥跟著漁網一起被拉上甲板。

「呼……現在該怎麼辦？」

尹鍾佑擦著汗問道。權澤舟沒有回答他。尹鍾佑不解地看了他一眼，才發現權澤舟已經回到快艇上，正忙著找什麼東西。

「前輩在做什麼？」

「我要你準備的東西呢？」

「啊，在駕駛座下面。」

權澤舟立刻將駕駛座翻開來，果然如尹鍾佑所說，下面有個行李箱。拉開拉鍊，確認了裡面的內容物後，權澤舟隨即向尹鍾佑下達指令。

「聯絡總部，通知說我們抓到李鐵真和他的同夥，也拿到了USB。聯絡人金英熙被扣留在釜關渡輪上，應該已經被海警發現了，跟海警聯繫一下，請他們把人移交過來。」

「咦？前、前輩，聽起來怎麼好像是這些全都要我一個人來做……」

「不然？」

「前輩你呢？」

「我這個瘋子還要忙著趕去參加家庭聚會，那些事就麻煩你了。」

尹鍾佑想起自己在生死交關時失去理智說出的那些話，不斷說著「什麼？」，不願接受現實。引擎發動的聲音告訴他不祥的預感已經成真。尹鍾佑和依然被困在漁網裡的兩個男人一起被留在木船上，權澤舟則頭也不回地開走了快艇。

快艇展現良好的引擎性能飛快前進，尹鍾佑甚至來不及做出反應，就被遠遠拋下。他茫然望著腳下泡水的皮鞋，海水已經漸漸滲入了船艙。雖然不會立刻沉沒，但這畢竟是一艘破損的木船。將自己的部下丟包在這種地方，說走就走，難道都不會覺得良心不安嗎？

背後傳來尹鍾佑嚷嚷著自己會死在這裡的喊叫，權澤舟並未理會，只將那當作是海風呼嘯或海浪的拍打聲。今天的風聲聽起來像是有人在吶喊「這也太扯了吧——」。俗話說，嚴師出高徒，愛之深責之切，所以一定是自己耳朵聽錯了。

權澤舟將快艇停在碼頭的某個角落。雖然是未經許可的停泊，但因為事先申請過公務用途，所以不會被制止，也不用另外申報。

他拿著行李箱走進附近的倉庫。過了一會，當他再走出來時，已經換上一套整齊乾淨的西裝。

權澤舟走出被黑夜籠罩的客運碼頭，來到大街上，找到了他提前預約好的計程車，坐車前往釜山站。

當他抵達車站時，站內正在廣播，通知旅客前往首爾的KTX列車即將出發。跟著人潮走下月臺，高速列車早就在月臺等候旅客上車。他走進距離最近的車門，確認座位號碼後坐下。由於深夜的關係，車廂內非常安靜。

嘟嚕嚕嚕……嘟嚕嚕嚕……

他剛坐下，外套暗袋裡的手機就響了。這是他非公務的私人手機，不出所料，來電者是他的母親。他清了清喉嚨，像往常一樣接起電話。

「喂，媽，我剛上火車。活動的清場工作結束得比預期晚，只剩下末班車可以搭了。即使沒有延誤，恐怕也要凌晨才會抵達，妳就先睡吧。」

他重複千篇一律的說辭，母親則對他展開連珠炮似的提問攻勢，問他車子幾點出發、什麼時候才會到、到了車站要怎麼回家等等。兒子一年好不容易才回去一趟，每次要回家前，她就會變得格外擔心。權澤舟再三向母親保證自己會直接回家、不會去別的地方後，才終於結束這通電話。

掛斷電話後，疲憊感瞬間湧上，權澤舟不由自主嘆了口氣。列車也在這時關上門，往首爾出發。他一頭未乾的溼髮向後靠上座椅，清晰感受著列車車廂的震動。

寂靜的車廂內響起通知停靠站的廣播聲。念到終點站「首爾」之後，列車長的聲音也跟著消失在這個空間。車廂內沒有一絲動靜，燈光也變得更昏暗了。

暖氣使他感到昏昏欲睡，浸過水的眼皮也開始抬不起來。或許是有鹽分殘留在睫毛上，讓睫毛顯得異常沉重。距離到達目的地還有將近三個小時的時間，他在掙扎是不是該先睡一下比較好。就在權澤舟最終決定放下抵抗，準備閉上眼時——

嘟嚕嚕嚕……嘟嚕嚕嚕……

權澤舟感覺口袋裡傳來一陣震動。與母親通話時使用的手機還拿在手中，因此現在響的應該是公務手機。他本想忽略這通電話，繼續睡覺，但手機卻震個沒完，顯然是打算持續響到他接聽為止。微小卻擾人的噪音引來其他乘客的抱怨。

「唉……」

權澤舟最後不得不坐直身子，按下通話鍵。

『你在哪？』

劈頭便丟來問句的人是林部長。權澤舟對此一點都不意外。尹鍾佑只要沒有溺死在海裡，他應該已經向林部長彙報過任務結果，不知林部長為何還要再打電話來。每次接到林部長的電話總沒好事。

「您問這個做什麼？」

『想跟你見個面啊。』

難道又有任務了嗎？會是什麼事？

權澤舟此刻唯一能想到的就是剛結束的那場間諜清剿行動。本該低調處理的，卻產生大量目擊者，甚至還有無辜市民被挾為人質，上級收到這樣的報告不大發雷霆才怪。不僅如此，連海警那邊都接到了報案，後續處理工作會相當麻煩。說不定連記者都聽到風聲了。權澤舟已經能想像得到林部長會是怎麼個囉嗦法——你以為我們祕密組織是叫好玩的嗎？

明知道不管用，權澤舟還是試著辯解。

「您也知道，當下除了那麼做，沒有其他更好的辦法。」

『那個我知道，所以你來找我，我們談一談嘛。』

就知道，不這麼回應的話，他就不是那個天下第一的林部長了。

權澤舟在任務開始之前就多次對林部長強調，明天是母親的生日，他無論如何都得回家一趟。母親只剩下他這麼一個兒子，如果他不回去，她會擔心得整晚睡不好。林部長當時是怎麼說的？不是答應說就算爆發第二次韓戰，也一定會讓他回到母親的懷抱裡嗎？

該不會這麼快就忘了吧？權澤舟提醒對方當時給予的承諾。

「拜託通融一下，部長，我說過，明天是家母的生日。」

『不會耽誤你太多時間的。』

果然行不通。林部長這個人不僅臉皮夠厚，還死不放棄。權澤舟煩躁地撥亂一頭溼髮，然後望著車窗外飛逝的景色，使出最後一招：

「我人都已經在車上了，是要我怎麼過去？」

說時遲，那時快，平穩行駛的KTX突然停下。正在聽音樂或專心玩手遊的乘客們驚訝地左看右看。

KTX持續停在隧道內，車內沒有任何廣播通知，也沒有乘務員經過。KTX本來就經常會發生一點小故障，因此乘客們也都見怪不怪。

少數幾個探出頭來查看情況的人也很快失去興趣，準備繼續睡覺。

是啊，這應該不是什麼大事，權澤舟這樣催眠自己。然而，不好的預感總是特別靈驗。

『快點下車。』

林部長不慌不忙地開口指示。就在權澤舟準備質問他這到底是什麼意思時，車廂內的廣播響起，通知乘客由於軌道發生異常，列車暫時停駛，待問題解決後將會重新出發，並請乘客諒解。而所謂的「待問題解決」，意思就是，除非權澤舟乖乖下車，否則這班列車會繼續停在原地。

『你不下車嗎？』

隨之而來的是低聲催促。語氣中還聽得出一絲愉悅，彷彿他很享受這個過程。正因為林部長這種態度，權澤舟更不想稱了他的意，反正其他乘客的情況本來就跟權澤舟無關。

可是車子不動，權澤舟一樣無法回家。他惱怒地仰頭，不爽地掛斷電話。對方沒有繼續打來。當然，KTX也沒有要發動的跡象。

他繼續坐在位子上，過了好半晌，終於長嘆了口氣，認命起身離開。他大步走過通道，一來到車廂門口，車門像早就在等著似的自動打開。權澤舟一邊搖頭一邊順著臺階下車，皮鞋踩在軌道的碎石子上。

他朝車尾的方向走，拿起手機撥了通電話。才剛走出隧道，停在原地的KTX就開始動了起來。手機另一端這時傳來了「喂」的一聲，是權澤舟的母親。她的聲音比起之前更顯低落，似是深怕兒子會以急事為由，違背了說好要回家的約定。

「媽，是我。火車臨時故障，可能會延遲一陣子。不會啦，我這次真的一定會回去，只是時間會比較晚而已。」

權澤舟邁開停下來的步伐，一邊叮嚀道：

「所以生日蛋糕記得要等我回去再點蠟燭。」

對方派來的直升機把權澤舟送到了國家情報院。在直升機停機坪等待的員工帶著權澤舟前往第一次長辦公室。權澤舟雖然默默跟在後方，卻困惑地歪了頭。明明是林部長要找他來稍微談一談，為何地點不是在部長室，而是在第一次長辦公室。

國情院的三位次長都是最高層級的主管，各自負責獨立的業務。每位次長只關注自己權限範圍內的事務，從不干涉其他次長的工作。底下附屬的幾十個部門也嚴格遵循直屬次長的指示行動，這已是不成文的規矩。因此，原本隸屬於第三次長麾下、負責反間諜及諜報活動的權澤舟和林部長，沒有理由在第一次長的辦公室見面。

這其中是不是出了什麼差錯？就在權澤舟思索著這個疑問時，前方帶路的員工敲了次長室的門。房內隨即傳出進入的許可。聽起來不是林部長的聲音。員工親自為權澤舟打開了門，帶他進入辦公室。

權澤舟直直望著眼前的第一次長，甚至忘了要跟長官問候。第一次長坐在第一次長辦公室裡，分明是再正常不過的景象，然而他現在的處境卻頗為矛盾。召見權澤舟的林部長正坐在第一次長的旁邊，權澤舟看向他的眼神像是希望得到一個解釋。林部長卻只是露出意味深長的笑容，什麼也沒說。

氣氛不太尋常。權澤舟轉動眼珠，暗中觀察著兩位長官的神色。第一次長似乎是想消除他的警戒心，用溫和的表情開口：

「聽說你剛在釜山完成了任務。」

「是的，我盡了最大的努力。」

第一次長話音剛落，權澤舟馬上提出了抗辯。儘管任務中引起了一些騷動，但第一次長責問權澤舟的行為無疑是濫權。看著有些戒備的權澤舟，第一次長和林部長詭異地笑了笑，讓人感覺不太舒服。

「找你來不是為了那件事，不用這麼急著為自己辯護。雖然行動中確實引發了不必要的騷動，但與洩漏國家機密相比，根本不算什麼。你說是不是，林部長？」

含沙射影的暗諷方式很有老油條的風格。依然心存疑慮的權澤舟注視著林部長。林部長只是笑容可掬地點著頭，這讓權澤舟更加感到匪夷所思。假如不是為了釜山的那件事，在這麼晚的時間召見自己的理由到底是什麼？權澤舟想了半天也沒得出一個結論。

林部長不再繼續吊他胃口，將手中的平板電腦放在桌上。

「這是什麼？」

「你先看了再說。」

權澤舟聳聳肩，順從地拿起平板。他意興闌珊地滑開第一頁，漫不經心地掃過一排排文字，目光移動的速度卻漸漸加快。他將頁面向下滑動，沒有發出任何聲音，但呼吸急促地閱讀著文字內容，然後迅速滑至下一頁。看著他的反應，林部長開口解釋道：

「這是最近取得的特級情報。早在很久以前就有相關的傳聞，但這是我們首次獲得能夠確認事實真相的證據。你現在也看到了，這項機密就是北韓與俄羅斯從三年前就開始合作，著手研發的一款新型武器。據說該武器擁有迄今任何國家都未曾展示過的強大火力，一旦研發完成，將會改變全球霸權格局。這款武器俗稱安娜塔西亞，不確定那到底是武器的名稱，或是指北韓與俄羅斯之間為了製造這種武器而祕密簽訂的協議，還是意指武器的設計圖或設計者。目前也不知道這個武器是否已經研製完成。」

權澤舟終於明白第一次長和林部長聯手的目的了。如果北韓和俄羅斯真的合作製造出史無前例的殺傷性武器，那麼不用多想，韓國和美國將會首當其衝。

「我們必須搞清楚這款武器的真面目，因為資訊不對稱會導致權力不平衡。要是『安娜塔西亞』尚未完成，那我們應該盡可能阻止它問世。」

「為了維護世界與全人類的和平，我們什麼事都做得出來。如果偷竊能夠有效遏止更大的邪惡，那麼偷竊這種小惡也不全然是件壞事。」

換句話說，他們的意思是要查明北韓和俄羅斯合作研發這款武器的真相，有必要的話，甚至還得竊取設計圖或相關機密。若無法達成目標，那就將其徹底摧毀，讓它永不見天日。這些任務要交由誰來執行？——正是權澤舟本人。

自從他加入國情院擔任情報人員，出國執行任務已經是家常便飯。他在國外度過的日子甚至比待在韓國的時間還多。因此，接到這次出差的指示他並不意外。

他唯一在意的是，這次的任務地點是俄羅斯。無論是執行任務，還是個人旅行，他都從未踏足過那塊土地。

當然，任務條件是沒什麼問題。權澤舟從入職以來，一直在接受中文、波斯語以及俄文的培訓。即使現在被派往莫斯科，他在語言上也不會有障礙。

但其他部分就有問題了。權澤舟面臨最大的一項挑戰就是——缺乏當地經驗。對於一名情報人員來說，沒有什麼比實戰經驗更重要了。這次任務就像是讓權澤舟手無寸鐵上戰場，為什麼會將這個任務分派給他，這一點令他百思不得其解。

權澤舟不滿地盯著林部長，而對方彷彿明白他想說什麼，點了點頭：「嚴格來說，你並不是這次任務的最佳人選。」

「那應該找合適的人來執行這個任務才對吧？」

「先前就已經派了最適合的人選過去了。」

「然後呢？」

「……」

林部長一聲不吭，只是輕輕摳著眉毛。第一次長也尷尬地笑了笑。他們不願明說的答案是什麼，權澤舟心知肚明。

「看來是進行得不太順利。」

林部長再次點點頭，在桌上擺出三張照片。第一張照片是某人的手，十根手指頭尾端都被粗暴地斬斷，剩短短一截，毫無血色的皮膚被水泡得浮腫。

第二張照片是一具覆蓋著白布僅露出額頭的屍體，額頭中央刻了一個不明圖案，似乎是個紋身。從屍體的皮膚狀態來看，這紋身應該是近期剛刺上的。

最後的相片則是一張清晰的證件照。根據這一系列的狀況來推斷，那具被損毀的屍體，生前本來的樣貌應該就是這樣。權澤舟認識相片中的那個人。

「多明尼克．摩根，是美國情報機關緊急派往俄羅斯的菁英情報人員。四天前被人發現橫死在俄羅斯的納拉河河邊。他當時所負責的任務正是調查『安娜塔西亞』的真面目。他在收集俄羅斯情報方面頗有一套的，可惜遭遇這種不幸。由於他使用的是假身分，所以俄羅斯當局自然將他當作無名屍處理，但實際上他們是否有發現他的情報人員身分，這就不好說了。」

「俄羅斯的監控因此變得更加嚴密了，所以美國現在是要使喚我們去幫他跑腿嗎？」

「看來你有聽出我的弦外之音哪。不過，也不必非得說得這麼難聽。既然北韓牽涉其中，我們國家也算是當事方，總不能袖手旁觀吧。聽說你跟死去的摩根探員是在上次韓美聯合演習時認識的？」

「準確來說，只有當時有交流，但是也才一個月左右。我們只是碰巧被分配在同一個房間。」

權澤舟明確地劃清界線。林部長微微一笑，巧妙地攻破了權澤舟滴水不漏的防線：

「這就是我們指派你的原因。蒙蔽理智的感情用事容易誤事。」

還真是隻老謀深算的老狐狸。氣憤難平的權澤舟正欲抗議，一陣震動聲忽然響起。是第一次長的手機。他表示歉意後越過權澤舟走出門外，房門重新關上。

林部長像是早就在等著這一刻，開口命令：「你就代替摩根探員，去找尋『安娜塔西亞』。」

方才輕鬆的語氣轉眼消失無蹤，林部長變得十分嚴肅。權澤舟直盯著他沒有回答。自己真的是最佳人選嗎？或許還有其他更適合這項行動的情報人員也說不定。國情院內一定還有誰可以勝任……只要能找到另外一個人……沒有，放棄。不管怎麼絞盡腦汁也想不到其他人選。

林部長神色平靜，彷彿這根本不是什麼令人為難的事情。是啊，這也沒什麼大不了的，就只是一名頂尖情報人員在一夜之間變成了一具屍體，危險性不過如此而已。本想酸一句的權澤舟最終還是選擇保持沉默。

他從進入國情院後，一直是在林部長手下學習如何工作。雖然現在已經可以互開玩笑，關係也變得十分融洽，但再怎麼說，上司終究還是上司。他下達任務，權澤舟就得執行，沒有違抗的餘地。

見到權澤舟露出妥協的神情，林部長滿意微笑：

「我保證會全力支援你，小組成員也任由你挑選。」

「一個人行動比較方便。」

「這次恐怕沒那麼容易，會有些難度哦？」

「既然如此，沒必要拉更多人進來陪葬吧。」

權澤舟冷冷答道。林部長會心一笑，表示早就料到他會這麼說了。隨後便遞了一本厚厚的文件袋，說是禮物。權澤舟一把接過來，未密封的紙袋內裝有各種文件及偽造的護照。權澤舟翻開護照，看到了一張陌生的面孔。

「坂本弘？」

「聽說日本的一家能源公司跟俄羅斯的國營天然氣工業公司簽訂了一項液化天然氣（LNG）設施的建設合約，預期收益預估高達數億韓元。為了慶祝合約的簽訂，以及考察預定的施工地點，日本那家能源公司，還有提供聯合融資的某家大型銀行以及國際貿易公司的相關人士皆受邀前往。聽說兩國總理以下的高層官員，還有財金界的重要人士都會出席這項活動。據聞這次合約能夠成功簽訂，主要是一家叫『伊藤忠』的國際貿易公司發揮了關鍵作用，而『坂本弘』正是這家公司在歐洲地區的負責人，他的名字也出現在即將訪問俄羅斯的正式名單上。」

假扮成坂本弘潛入俄羅斯，這是個還不錯的計畫。倘若北韓和俄羅斯真的在聯手開發武器，那麼參與其中或掌握相關機密的人肯定寥寥無幾。這些屈指可數的權力核心人物位居俄羅斯高層，想要接近他們絕非易事。然而，若是以坂本弘的身分，情況就不同了，不費吹灰之力就能自然而然地接觸到那些上流權貴。

當然，這一切僅限於不被拆穿身分的情況。除了坂本弘，還有許多其他相關人士受邀參加這次活動。只要其中任何一人察覺到坂本弘的異狀，那麼整個計畫就會功虧一簣。

權澤舟只是稍微想像了一下，腦中便閃過摩根探員最後悽慘的死狀。

林部長安撫著仍然不太情願的他。

「別緊張，除非又再出現一個坂本弘，否則沒有人會懷疑你的身分。坂本弘將在訪問團啟程前一天先行出發，當然，實際上真正的坂本弘並不會飛出國，東京那邊的探員會打理好一切。我們的偽裝技術高超到甚至能瞞過你母親不是嗎？」

日本人個子比較矮這點似乎也不必太過擔心。坂本弘身高有一百八十公分，而權澤舟比他高出兩三公分，一般人應該察覺不出這點差異。

假使真有人起疑，大不了拿鞋墊當作藉口來搪塞就好。

平常的話，權澤舟不會考慮這麼久。除非他離開國情院，否則他沒有權利可以拒絕上級的命令。即便如此，他卻遲遲無法痛快地答應，心裡不知為何一直有股排斥感。是受到摩根探員身亡的影響嗎？要說完全不受影響是騙人的，但這並非唯一的因素。他的直覺似乎感知到某種即將面臨的危險，讓他莫名地焦慮。

「這次任務如果順利完成，將改寫全球的霸權版圖，你在組織中的地位也會有很大的改變。」

林部長有意無意地引誘他下決定。權澤舟聞言後沒出聲，只用筆直堅毅的眼神望著對方。林部長臉上掛著他的招牌笑容，兩人就這樣互相對視，閉口不語了好半晌。

權澤舟最終將那包文件袋拗一拗塞進了自己的外套裡，像是要把話先說清楚地加了一句：

「地位權力什麼的我沒興趣，並不想為了那種東西跟別人爭得頭破血流。」

「那你為何接受這次的任務？」

「這可是身居高位的部長所下達的命令，區區一介下屬有權利拒絕嗎？」

「應該還有其他的理由吧？」

「要是拒絕了這次任務，我至今百分之百的任務達成紀錄就泡湯了。」

「那是當然。」

「我現在可以走了嗎？」

「啊，在那之前，有一件事你務必牢記。」

權澤舟露出些許不耐煩的神情：「是什麼？」林部長這時面色凝重了起來。他緊盯著權澤舟，眼神看起來非常嚴肅，隨後語氣低沉地說出了那個名字：

「普希赫．波格丹諾夫。」

「普希赫．波格丹諾夫？這應該……不是人名吧？」

權澤舟皺眉歪頭。波格丹諾夫是俄國的姓氏沒錯，但普希赫在俄文裡怎麼樣都不可能會是一個人的名字。天底下有哪對父母會把自己的小孩取名為「瘋子」或「神經病」啊？

林部長為他解惑，補充說明道：「應該說，人們更傾向於這麼稱呼他，而非直接呼喚他本名。」

一個人的名字主要是讓他人識別或稱呼用的，而取代了姓名的外號或別名，往往反映了一個人在他人眼中的形象或名聲。會被俄羅斯人稱作「瘋子波格丹諾夫」，顯然代表他是一個極端顛狂的人物。也不知道這個人到底是瘋到什麼程度，才會惡名遠播到連在海外也這樣被提及。

「在俄羅斯，他是像個核一般的存在。」

「核？是指核心的那個核嗎？」

權澤舟不確定地問道。因為核這個字具有多重含意，除了「核心」，代表「中心」的意思外，「核」還具有另一個完全不同的意義。他懷疑林部長是否真的會用那麼強大的殺傷性武器去比喻一個人。帶著一絲揣測，權澤舟看向林部長，後者則是微微一笑：

「沒錯，確實也包含了那種意思。」

看來林部長所說的「核」，更偏向「核武器」的含意。權澤舟的臉色不禁難看起來。究竟是多危險的傢伙，會被人們冠上「瘋子」的名號，甚至還被比擬為「人形核子彈」？

對於「普希赫·波格丹諾夫」的思索讓權澤舟產生了另外一個疑問。在這項「找尋安娜塔西亞」的任務當中，為什麼要特地提到這個人？

「他和摩根的死是否有什麼關聯？」

「這一點還不確定，雖然懷疑跟他脫不了關係，但沒有確切證據。若是要接觸俄羅斯的大人物，恐怕無法避免與他碰頭。他被稱為『核』絕不是浪得虛名，你要是能躲就盡量躲，萬一真的遇到了，也不要輕易和他槓上。」

權澤舟噗哧笑了出來。越是被警告，他反而對那個瘋子越是好奇。

門外頓時傳來敲門聲，林部長出聲應門，為權澤舟帶路的那位員工走了進來，手裡分別拿著一大束花和一個行李箱。他幾乎用硬塞的方式將那些東西交給權澤舟，安靜地點了個頭便離開了辦公室。

「我已經幫你準備好所有的必需品，省時又省力，你也不用再為打包行李費心，這樣不是很棒嗎？尤其是內褲，我發現你兩個月前買了內褲後，之後都沒有相關購買紀錄，所以特別按照你的喜好，買了新的給你帶去穿，至於道謝那就免了。」

「您比我還要了解我貼身衣物的使用情況呢。」

「區區小事而已，不算什麼。還有那束花就給你帶回家去啦，你好像說今天是你母親的生日，沒錯吧？」

真的是跟蛇一樣狡猾的男人。

權澤舟將這句不能說出口的話吞回肚子裡，冷冷地回覆道：

「我就不跟她說這是您送的禮物了。要是得知這是在她生日前把她兒子帶走的人送的，恐怕會影響到她過生日的心情。」

「謝謝你還這麼替我著想。」

林部長一點也不覺得不好意思地笑了起來。

權澤舟正欲轉身離開，林部長忽然開口叮囑：「你可別死啊。」權澤舟腳下一頓，而後含糊地點了點頭。

走出辦公室，走廊上空無一人。權澤舟拖著沉重的步伐朝大樓門口前進。天花板上的感應燈隨著他的腳步依次亮起，又在他身後的遠處一盞接一盞熄滅。光芒逐步消逝，黑暗如一頭無形巨獸要將他整個人吞噬般，慢慢朝他逼近。

「……」

權澤舟倏地停下腳步，回頭望去。在他靜止不動的時候，最後一盞天花板燈也暗掉了。權澤舟被濃濃的黑幕所籠蓋，身影遁跡在這片幽黑之中。

SECRET MISSION

02.New Mission

LOADING......

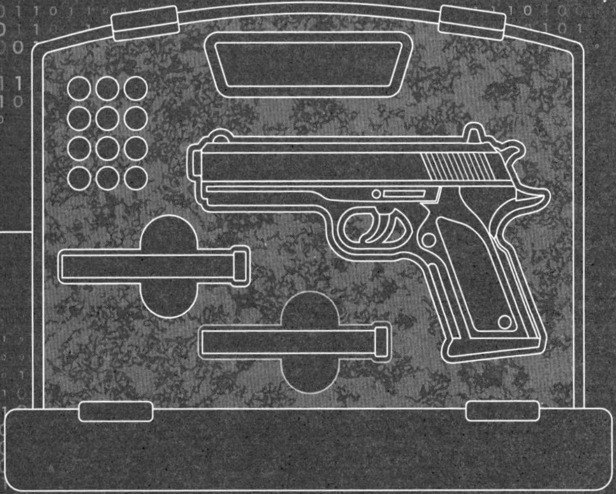

!

CODENAME : ANASTASIA
ZHENYA X TAEKJOO

問小孩子將來想做什麼，實在是沒有建設性的問題。孩子們今天想當總統，明天可能就變成律師、醫生、太空人或是偶像明星，職業和專業變來變去。

幼時的權澤舟也是如此，直到踏入大學考場時，他都未曾想過自己會成為一名國情局情報人員。

他的哥哥就不同了，從開始會講話的時候起，哥哥的夢想始終如一，那就是成為像父親一樣的軍人。母親曾因他在抓周時選擇了書本而感到安心，誰知那竟是一本軍事理論的書籍，無奈的她時常為此感嘆不已。

母親一心盼望兩個兒子都不要成為軍人，甚至是從事類似的行業，因為她的爸爸——也就是外祖父——重視國家勝過家庭，在他的牽線下，母親年紀輕輕就嫁給一名軍人。母親常說，在她將近六十年的生命中，從來沒有睡過一天安穩覺。每當父親出任務的時候，母親就會將還年幼的兄弟倆摟在懷裡，整夜提心吊膽。她當然不希望自己的孩子們繼續過上這種苦日子。

然而，孩子們總是不願遵照父母的意願行事。哥哥最終選擇背離母親的期待，自願加入海軍，卻在任務中不幸殉職，那已是十多年前的事了。從那時起，母親近乎病態地依賴著唯一的小兒子。辦完哥哥的後事，她便抓著權澤舟，不斷告訴他「你絕對不能像哥哥那樣」，反覆強調了好多遍。但最後，權澤舟還是沒能滿足她的心願。

根據國家情報院的職務規定，員工的身分必須對外保密，對象包括父母在內的直系親屬。但就算不是因爲這個原因，權澤舟也無法對母親坦白。國家已經讓她失去了父親、丈夫和長子，要是被她知道唯一剩下的親骨肉比起筷子更常握的是槍枝，她一定會徹底崩潰。她一直以為權澤舟是在外地小城市上班的基層公務員，大概做夢也想不到，自己的兒子正偽裝成一名日本人，前往莫斯科執行任務。

權澤舟閉著眼回想出發前的這些事，驀地掏出手機，果然又收到了母親的訊息。

『兒子，中午好好吃飯，今天也加油！』

這是母親每天中午固定捎來的問候。如果沒有回她的話，下班時間她會又傳訊息來，有時也會直接打電話。看來得在飛機降落後盡快回覆她，就說是因為週一民眾投訴多，忙得不可開交，這樣應該就沒問題了。對於如何鞏固母親對自己的信任，擁有長年經驗的權澤舟早已駕輕就熟。

他把手機放回口袋，確認一下時間。已經在飛機上坐了九個小時。看了看螢幕上的剩餘距離，預計還要再飛一個小時才會抵達。利用這時候檢查一下易容面具比較保險。權澤舟立刻從座位上起身。

廁所剛好沒人，他正要推門進去，突然聽到一陣喧鬧，聲音來自經濟艙的方向。他透過走道的布簾縫隙瞄了一下，原來是一名乘客和空服員起了爭執。看來是有人又把免費的酒當水喝了。權澤舟很快收回了關注。他進到廁所，鎖上門，頭頂的燈亮了起來。

他看著鏡中那張陌生的臉孔。此刻的權澤舟已完完全全化身成了坂本弘，包含耳朵形狀都細緻地仿製覆蓋。唯一還屬於權澤舟本人的，就是他那雙烏黑的瞳孔。

他左右轉動著頭部，摸了摸自己的皮膚。指腹上的人造皮觸感與真正的皮膚沒有差別。他順勢整理了一下被壓亂的髮型，然後洗了手。剛用紙巾擦完手準備出去，突然感覺到門外有什麼東西撞了過來。

撞擊力道之大，甚至讓廁所天花板的燈光閃爍了一下。外面聽起來變得更加嘈雜混亂，空服員匆忙趕來的腳步聲、說著「您還好嗎」的關心聲，以及某個男人語無倫次的大聲嚷嚷，全部混雜在一起。

權澤舟解開門鎖，猛地拉開門，靠在門外的男人於是撲通栽進廁間。

「呃……搞什麼，天殺的！」

摔倒在地的男人明顯喝醉了，外表看起來是個典型的俄羅斯人。他手裡拿著一瓶喝到一半的伏特加，似乎是在機艙內開封了免稅購買的酒。還以為是誰那麼不要臉，在機上無限暢飲喝到醉，沒想到這個人的奧客行徑更是離譜。

權澤舟靜靜地俯視著在地上大鬧的男人，而空服人員們則慌張不已。

「先生，請您站起來好嗎？我扶您起來吧。」

「嗄？你敢碰我？放開！啊，給我放手！」

「呀啊——」

男人一把推開試圖扶他起來的空服員。不只是被推倒的空服員，其他在場空服員也都倉皇無措。顯然，現場沒有人能夠立刻制止這個塊頭高大的俄羅斯醉漢，也沒有其他乘客願意挺身出面幫忙。實在不太想捲入是非……就在權澤舟還在猶豫的時候，一名空服員已經急忙向駕駛艙打電話。

一般機上發生此類飛安干擾事件，飛機會選擇在最近的機場緊急降落。這樣的話，不僅肇事的醉酒乘客要被趕下飛機，所有乘客也都要重新進行行李安檢和登機手續。飛機還得重新檢修或更換航班，處理這一切通常需要等上好幾個小時。

權澤舟並不想多管閒事，也不想做出任何會引人注意的舉動。但因為這個不知羞恥的大傢伙，原本的計畫被打亂，還要承擔後續繁雜的麻煩事，這實在讓他感到非常不爽。

那個醉漢還靠在權澤舟腿上，權澤舟抓住他的後頸。

「你起來一下。」

「……啊啊！」

權澤舟強行將男人拉起，拖進廁所。男人直接被推向馬桶，屁股撞到馬桶邊緣，然後整個人向前仆臥在地。只見男人倒地後露出一截手臂在廁所門外，將其他乘客們嚇得低聲尖叫，坐在前排的乘客甚至驚慌地站了起來。空服員一再請求他們坐下，但沒有人願意聽從，服務鈴的聲響開始此起彼落。

俄羅斯男子踉蹌地爬起來，臉上浮現一股狠戾的氣息。滿臉通紅的他歪嘴冷笑，用手背粗魯地抹掉嘴角的口水。

「哦……想來一場是吧？」

權澤舟只朝著粗喘的男人勾了勾手指。前一秒還在笑的男人突然面色一沉，猛然朝他撲了過來，活像一頭發狂的野牛。

他試圖用力撞向權澤舟，但權澤舟瞬間繞到他背後，雙臂緊緊勒住他的脖子，將他夾在自己的側腰。被鎖喉的男人不甘示弱，兩手抱住權澤舟的雙腿，想要把他整個人往上舉。似乎是打算將權澤舟狠狠撞向機艙天花板。

看到這一幕，空服員們駭然閉眼，機艙內霎時變得鴉雀無聲。然而，幾秒鐘過去，撞擊聲並沒有響起。遠遠退開的乘客們呆滯地眨了眨眼睛。等過了一段時間，才傳來一聲預期中的巨響。

倒下的不是權澤舟，而是那名壯漢。要害部位猝不及防地遭到一記攻擊，仍然被勒著脖子的壯漢身體無力地垂落。權澤舟徹底將他制伏後才鬆開手臂，踢了壯漢的肩膀一腳，將昏迷的他踢出廁所。乘客們再度爆出一陣壓抑的驚叫聲，權澤舟絲毫不在意，隨手拍了拍起皺的西裝外套，悠然地走出來。

「發生什麼事了？」

此時，接到通知的副機長趕來了解情況。他看了看倒在地上的壯漢，再看了看權澤舟，隨即將視線轉向空服員。權澤舟狀似事不關己地回到自己的座位。安全帶扣上的喀擦聲宣告這場騷動的終結。

先前忙於應付醉酒乘客的空服員們，現在又得安撫那些怨聲四起的其他乘客。副機長的情況也好不到哪去，只能不斷道歉。

「很抱歉，各位貴賓。」

「讓各位受驚了。待會馬上為您送上一杯熱水。」

「現在已經安全了，請不用擔心。」

「對不起，真的很抱歉。」

關閉的布簾後方不斷傳來這些話語。隨後，機艙廣播也開始發出針對這起事件的道歉聲明。

權澤舟忽略一切，試圖閉眼休息，但副機長和座艙長卻特地來到了他的座位旁，似乎是想向他表達感謝之意。權澤舟搶在他們之前開口：

「能照原定時間抵達嗎？」

「啊，很抱歉，目前已經向管制中心報告了此一情況，所以我們必須在空中等待，直到機場允許降落。預計到達時間將比原定時間延遲約一小時左右。」

終究還是演變成這種結果。權澤舟皺著眉，勉強點了點頭，然後馬上戴上耳機。儘管他委婉地表示不想進行交談，對方仍堅持向他表達完極深的謝意後才回到各自崗位。

遇上一陣亂流，飛機開始顛簸，直到方才還滿是怨言的乘客們總算不約而同地閉上嘴。不用空服員提醒便自覺地繫上安全帶，緊靠椅背坐直身體，屏住呼吸。有人甚至低聲背起祈禱文。

拜亂流所賜，權澤舟度過了一個小時的安靜時光。雖然有點耳鳴導致睡不著覺，但總算是熬過了這段漫長的時間，聽見令人開心的機艙廣播：

「我們的飛機即將降落在莫斯科多莫傑多沃國際機場，現在當地的時間是下午四點十一分，天氣多雲時陰，氣溫為攝氏零下十三度。由於飛行過程中出現了意外狀況，給各位貴賓帶來不便，我們深感抱歉。感謝您今天選擇搭乘日本航空，希望很快能再次為您服務。祝您旅途愉快，謝謝。」

但飛機在廣播結束後，仍在高空中盤旋了一段時間，直到下午五點多才降落地面。

權澤舟跟著人群走向入境證照查驗區，並沒有特別緊張。冒用他人身分穿越國境對他來說已經習以為常。

入境查驗進行得很快，海關人員只是掃了權澤舟一眼，什麼問題也沒問。從領行李到走至入境大廳，一切通關過程都很順暢。

出口外面有一大群等著迎接客人或親友的人們。雖然他是應俄羅斯邀請來訪，但他一個人早訪問團一天飛抵俄國，因此沒有特別安排機場接送，將自行前往飯店。

然而，一張寫著「坂本弘」的接機牌突然映入他眼簾。權澤舟摘下墨鏡仔細一看，上面確實寫了漢字和英文的坂本弘沒錯，下方還備註「伊藤忠商事」的公司名。

權澤舟停下腳步，那名舉牌男子立刻露出喜色：

「坂本先生？」

「是的，有什麼事嗎？」

他有些冷淡地回應。男子臉上浮現出爽朗的笑容：

「您好！我是來自俄羅斯天然氣工業公司公關部的瓦西里·亞歷山德羅維奇。聽說您今天會提前抵達，所以特地來迎接您。」

說著，男子熱情地伸出手。權澤舟看著對方伸過來的手掌，疑惑地歪了頭。

「我沒收到這樣的通知啊……」

「沒有嗎？這不可能啊？我們今早確實通知了貴公司，並且對方也答應說會再轉告您。」

瓦西里的語氣十分肯定。權澤舟一驚，請對方稍等片刻，然後趕緊拿出公務手機查看。因為一直有簡訊進來，他本以為是漫遊簡訊或是大使館、領事館的通知，結果發現裡面夾了一則來自林部長的訊息。正如瓦西里所說，林部長告知他俄羅斯天然氣公司會派人會來接機。

「啊……對的。」

「看來可能是先前哪裡有誤解？總之，您這樣遠道而來，真的辛苦了。不過，您似乎比預計的抵達時間晚了不少？」

「飛機上出現了一點小騷動。」

「是不是又有酒醉乘客鬧事了？」

「……你是怎麼知道的？」

「俄羅斯男人就像伏特加一樣火爆，這種事可不少見。您一定被嚇到了吧？行李只有這些嗎？交給我來提吧。」

「不用了，我自己來就好。」

「啊，好的。那麼請跟我來。」

即使一番好意被拒絕，接機男子也完全不覺得尷尬，反而像是有什麼好事一般，興高采烈地在前方帶路。權澤舟緩步走在他後方。雖然不知道哪裡出了問題，但仔細想想，這種安排其實也算合理。無論是和訪問團一起出發，還是單獨前往，坂本弘都是俄方需要接待的貴賓，這是不會改變的事實。但也害權澤舟為此感到有些頭大，因為這代表直到抵達飯店之前，他都得繼續扮演坂本弘才行。

權澤舟跟著瓦西里走到停車的地方，有輛黑色轎車正在待命。司機下車點頭致意，接過權澤舟的行李放進後車廂。瓦西里也親自為他打開了後座車門。在對方的盛情款待下，權澤舟有些不自在地鑽進車內。瓦西里坐到副駕駛座並關上車門，轎車隨即發動，駛離機場。

長時間的飛行使人渾身疲憊。權澤舟靠在座椅上，閉上眼睛，暗示自己不想被打擾。瓦西里卻還轉過身來關心：

「您一定很累吧？」

「有一點。時差的關係。」

權澤舟不得已地回了一句。接著瓦西里便開始滔滔不絕地問他飛機餐怎麼樣、座位是否舒適、機上服務還可以嗎，甚至還分享了自己在飛機上發生過的大小事。權澤舟把頭轉向窗外，沒有很仔細在聽。

路上已經一片漆黑，但還是可以體驗到莫斯科當地風情。無論視線投向哪裡，都能看到俄羅斯自產的拉達汽車，不愧被稱為俄羅斯的新國民車。市中心的星巴克結合了招牌標誌與西里爾字母，格外醒目。路上的行人皆戴著長短不一的護耳帽，縮著脖子，露在外面的高鼻子凍得紅紅的。也許是天氣寒冷的緣故，每個人的面容都頗為僵硬，給人一種冷漠的印象。

「最近還是這麼冷嗎？」

突然冒出來的問題打斷了瓦西里興致勃勃講述的日本遊記。他並沒有因為話題中斷而失望，反而笑了笑：

「最近算是好天氣了，雖然是冬天，但溫度大概都在零下十五度左右，很適宜的溫度吧？」

權澤舟不禁縮了縮肩膀，他最討厭寒冷的天氣了。瓦西里並沒有注意到他的反應，反而更加熱烈地討論起這個話題：

「有些蠢蛋會抱怨莫斯科太冷，那是因為他們沒去過真正寒冷的地方。像伊爾庫次克或是維科揚斯克，那裡的氣溫總在零下二十度到四十五度之間徘徊。相較之下，莫斯科簡直就是人間天堂。不過，當然還是沒辦法跟東京比啦。聽說東京的氣溫一年四季都在零度以上是不是？甚至一旦降到零度以下就會有人被凍死？這種事要是發生在俄羅斯，我看連鄰居家的狗聽了都會笑。」

零下四十度的嚴寒，光是聽著就令人打了個寒顫。瓦西里後來依舊喋喋不休地說著些什麼，但權澤舟已經聽不進去了。

始終盯著窗外的權澤舟忽然開始左右張望。感覺到車速逐漸放慢，最後甚至完全停了下來。接下來車子就一直處於走走停停的狀態。

權澤舟伸長脖子向前方望去，只見車輛一輛接著一輛排成長長車龍，看不到盡頭。似乎是碰巧遇到了下班尖峰時間。

如果飛機有準時抵達的話，現在就不會碰上塞車了。都是那個該死的醉鬼害的，那時應該把他教訓得更徹底一點才是。權澤舟握緊拳頭，壓抑遲來的怒氣。這時，瓦西里和駕駛座上的司機交談了幾句，然後轉過頭來徵詢權澤舟的意見：

「我們可能會在這裡塞得動彈不得，您覺得要不要改走捷徑呢？這位司機朋友對莫斯科的路熟得很。而且現在也差不多到了晚餐時間，坂本先生您應該也餓了。畢竟剛結束長途飛行，一定只想好好休息一下對吧？」

對權澤舟來說真是個大好消息。吃飯什麼的都可以先放一邊，此刻的他只想馬上在床上躺平。瓦西里還在重複確認權澤舟的意願，權澤舟就迫不及待地點頭答應。

徵得同意後，車子立刻脫離隊伍，轉入附近的一條小徑。這是一條沒有車道和人行道之分的狹窄小路，幾乎看不到像樣的路燈。車子憑借車頭燈的光線穿行於黑暗中。一隻正在翻垃圾桶的野貓被突然的燈光嚇了一跳，咻地竄逃。

司機確實對路況瞭若指掌，車子在僅容一輛車通行的狹窄巷弄中不停左轉右拐。雖然剛才主幹道的直線距離比較短，但如果不迷路的話，走這邊應該更快。

正當權澤舟抱著這樣樂觀的想法，放鬆地靠上後座——

「……！」

猛地轉頭看向窗外，眼角餘光剛剛好像捕捉到什麼奇怪的形影。他急忙回頭望向後方，但什麼也沒看到。剛才分明好像瞥到一個類似人影的東西。是錯覺嗎？因為周遭太過昏暗，他無法確定，但心裡還是有種揮之不去的詭異感。權澤舟微微歪頭，緩緩轉回身體坐正。瓦西里詢問有什麼狀況，他隨口搪塞過去。

他下意識再次觀察外面的情況，這才驚覺，車子似乎又回到剛剛經過的路段。雖然這些建築看起來都大同小異，巷弄又黑得讓人看不清前方，但他可以肯定，現在路旁經過的這個垃圾桶跟他之前看到的一模一樣。他盯著那個垃圾桶喃喃道：

「看來我們好像迷路了。」

「怎麼可能，我們走的路沒錯。」

「不，我確定剛才有走過這條路。左邊那個垃圾桶上面的污漬、滿出來的垃圾，甚至蓋子半掩的狀態都一樣，就是我之前看到的那個。還有後面的建築，牆壁上的裂縫、磚牆的顏色、窗框的形狀、曬在那裡的衣物和花盆，全都是同樣的。」

權澤舟逐一拿窗外景色與記憶中的景象比對，證明自己是對的。瓦西里聞言，輕笑一聲。

「……觀察力還真是敏銳呢。」

彷若在嘲諷的語調帶有陰險的味道。先前表現得過於明顯的親切與慷慨也完全消失。像這樣急轉直下的情勢發展，通常不會有好事。

察覺到端倪的權澤舟毫不猶豫地掏出柯爾特手槍。子彈喀地上膛，扳機半扣。透過後照鏡，他的視線對上駕駛座的男子。

「停車。」

權澤舟壓低了嗓音命令。駕駛順從他的指示，轎車在狹窄的小巷中央停下來。瓦西里沒有反抗地舉起了雙手。

「原來您身上帶著這麼危險的玩具啊？坂本先生。」

「你們到底是什麼人？」

「我不是說過了嗎？我是來接您的瓦西里．亞歷山德羅維奇。」

「那這個亞歷山德羅維奇，應該和俄羅斯天然氣公司沒有任何關係吧？」

「多多少少還是有點關係的。」

就在這時——

「……？」

後座車門突然被打開，一個男人手裡拿著俄羅斯的托卡列夫半自動手槍，漆黑的槍口直接抵著權澤舟的太陽穴推了推，跟著坐進後座裡。不僅如此，不知從哪裡飛來的紅點也在權澤舟左胸附近遊移。他被完全地包圍了。權澤舟的下顎驟然繃緊。

「最好還是老實一點，坂、本、先、生。」

瓦西里咧嘴而笑，用哼歌般的語氣一字一字地說出他名字。權澤舟無從辨別這些人真正的身分，也不清楚他們的意圖。唯一確定的是，他必須儘快從這糟糕透頂的局面當中脫身。

但是該如何行動？稍有不慎，他的腦袋或胸口恐怕就會當場開花。他迅速轉動眼珠環顧四周。昏暗的巷弄中，唯一的光源是轎車的車頭燈。不對，還要再加上照亮瓦西里那張笑臉的車內燈，總共有兩個。

「別打什麼壞主意，不然你的腦袋有可能不保……」

瓦西里的警告還沒說完，權澤舟一秒俯下身體，下個瞬間，一聲槍響劃破寂靜。無預警飛來的子彈擊中車內燈，瞬間滅了車內的光線。

隨後，附近屋頂上的狙擊手再次射擊，清晰的槍聲伴隨刺耳的爆裂音，車後座的擋風玻璃應聲碎裂。

短暫的騷動後，四周陷入一片死寂，周圍沒有任何動靜。狙擊手緩緩地移動槍管，仍然保持高度警戒。

下一刻，停著的轎車猛然加油起步，車燈未開便沿著狹窄的小巷疾馳。車子不時撞上垃圾桶或擦撞建築物的牆壁，硬生生闖出一條路。

狙擊手試圖開槍阻止，但子彈只打壞了無辜的保險桿和兩側後照鏡。

「要是不想落得同樣的下場，最好給我乖乖聽話。」

權澤舟威脅駕駛司機繼續往前開，一邊擦去臉上濺到的血跡。這是先前闖進後座那名男子的血。他替權澤舟擋下了狙擊手的子彈，頭顱向後無力地垂仰。而瓦西里的情況也好不到哪裡去，他的臉部正中央被子彈貫穿，整個人向前趴在副駕儀錶板上。

司機全身濺滿其他人的血，但他沒有反抗，脖子被扣住的他只是照著權澤舟的指示開車。但是無論他們怎麼開，車子都一直在巷弄內打轉，始終無法找到通往大路的出口。為了躲避潛伏中的狙擊手，他們關了車頭燈，現在連前方是不是死路都難以分辨。

權澤舟這時又注意到了，有個形體快速地掠過兩棟建築物之間。

「……！」

是不久前一閃而過的那個東西。是貓嗎？不，那東西要比貓咪龐大得多，動作卻異常敏捷。權澤舟急忙移動視線，試圖在黑暗中找到那個神祕的身影，然而無論怎麼找都看不到對方的蹤跡。

第一次還有可能是錯覺，但總不可能連續兩次都看走眼。莫名的異樣讓權澤舟心神不寧，正當他再次環顧四周時，突然間，一輛轎車從旁邊的小巷衝出來。

「哐」的一聲，車體陡然向前翻傾，權澤舟所在的後座也隨之懸浮在空中，短暫的失重感彷彿持續了一輩子那麼久。

時間暫停一瞬後又恢復流動，權澤舟的視野瞬間顛倒，接著整個身體遭受到猛烈的碰撞。玻璃碎片四處飛散。一眨眼，整輛車翻覆，四個車輪不停在空中打轉。

一切又歸於沉寂。兩部相撞的車輛都沒有任何動靜，只剩下引擎發出宛如呻吟的低響。

不知過了多久，突如其來的噪音破壞了這份沉寂。有個人正不斷踢著嚴重扭曲變形的車門，試圖逃到車外。那個人正是權澤舟。他頭下腳上地從踹開的門縫中爬出來，摔落在地。

「呃啊……」

他試圖用手撐地站起身，但忽然的暈眩使得他很快又跌坐回去。他的頭在事故時撞到了車把手，可能造成了輕微的腦震盪。

他晃晃腦袋，勉強恢復精神，然後扶著翻倒的車體艱難地站起來。他先檢查駕駛座，裡面毫無動靜。從破碎的車窗上一整片的血跡來看，司機恐怕也沒能倖免。對方的車輛同樣也並未傳出半點動靜。

權澤舟無法理解眼前的情況，不知道究竟發生了什麼，突然出現並試圖綁架「坂本弘」的那些人究竟是誰、目的又何在。他們顯然對坂本弘的入境動態及背景資料掌握得非常清楚，這絕非隨機遇到的犯罪組織。與其說他們對日本企業有所怨恨，倒不如說他們可能是想挾持日本的相關人員作為人質，好對俄羅斯當局或天然氣公司施壓。權澤舟根本不是真正的坂本弘，卻無端被捲入其中，這讓他感到無言以對。才剛踏上俄羅斯的土地沒幾個小時，竟然就經歷了這麼多鳥事。

他搖了搖頭，走向車子後側，想把行李拿出來。正試著撬開後車廂，背後登時冒出一個語氣不善的聲音。

「把手舉起來。」

權澤舟本能地一震，隨即耳邊傳來子彈的上膛聲。要是再多動一下，對方很可能就會扣下扳機。

權澤舟臉色難看，緩慢舉起雙手，默默地遵從了對方要他轉過身來的指令。待他轉身之後，才看清楚拿槍指著自己的人是誰。那是一張陌生的面孔。對方頭部中彈，血流如注。看來似乎是另一輛車上的人。男人手上的槍看起來很眼熟，顯然是瓦西里他們的同夥。

怎麼辦才好？權澤舟正盤算著該如何脫身，目光瞥見掉在地上那把熟悉的柯爾特。

「慢慢走過來，不要給我耍花樣，否則後果自負。」

男人的樣子過於狼狽，讓他的威脅只顯得可笑。但權澤舟還是順從地朝他走去。反正他知道，這人不會殺他，真想殺他的話，剛才早就動手了。

如他所料，隨著距離縮短，他並未從對方身上感覺出任何殺意。相反地，對方似乎還很害怕萬一真的得扣下扳機。儘管那人手握武器、占據上風，但隨著距離拉近，他反而越不知該如何是好。

事情或許比想像中還要容易解決。正當權澤舟這樣樂觀地思考時，後頸倏然被揪住。

「把外套脫了吧，誰知道你裡面藏了什麼。」

原來還有同夥。權澤舟瞄了一眼，發現又是一個不認識的傢伙。他猜測這人可能是剛才的狙擊手，因為對方手裡拿的是一把狙擊步槍。權澤舟聳了聳肩，乖乖地脫下了外套，脫到只剩下右邊的袖子。

他假裝要抽出右臂，卻在瞬間猛力一扯，整件外套順勢被他拽下。拿步槍的傢伙因一隻手抓著外套，頓時跟著失去平衡。權澤舟趁機將外套猛甩向另一個拿槍指著他的人，阻擋對方的視線。那人措手不及，慌亂中扣下扳機。權澤舟早已迅速抓住狙擊手的步槍，欲奪回武器的狙擊手敵不過權澤舟的力氣，反被拖了過去。

「唔呃！」

槍聲乍響，狙擊手發出哀號。等另一個男人甩掉頭上遮蔽視線的外套時，權澤舟已飛也似的跑遠。狙擊手被流彈擊倒，汩汩鮮血從他身上冒了出來。原先抖得不成樣的男人瞬間情緒激動，拿手上的槍對著權澤舟掃射一通，卻根本無法命中目標。發現彈匣空了，男人一把抓起死去狙擊手的步槍起身追趕。

權澤舟只能拚命向前奔跑。夜間逃亡有利有弊，雖然有夜色掩護，但四周漆黑，難以找到藏身之處。萬一不小心跑進死巷，無異於自尋死路。

追擊者依然不停開槍，射出的子彈大部分有驚無險地從權澤舟身旁擦過，在無辜的牆壁上留下彈痕。每遇到一條岔路，權澤舟便毫不猶豫地轉彎。「砰！」又一聲槍響，頭頂上方好像有什麼東西炸裂開來。飛來的子彈大概是打中窗檯上的花盆，殘骸瞬間從天而降。權澤舟甩甩頭，抖落頭上的碎片和泥土，不假思索地拐進出現在眼前的一條小巷。沒想到就在這時，一輛廂型車從巷子裡直面衝了出來。

「……！」

權澤舟順勢滾上引擎蓋，將衝擊力降到最低。廂型車停下後，四扇車門同時打開，下來一群全副武裝的男人。窮追不捨的男子也迅速加入他們的行列。這群人簡單交談了幾句，隨即毫不猶豫地舉起槍口對準權澤舟。

「……他媽的。」

到底有完沒完啊，剛解決掉一個，馬上就又冒出新的敵人來。權澤舟徐徐倒退了幾步，轉身再次快步奔跑，口中咒罵連連。

跑了好一段路之後，視野頓時開闊，眼前出現一大片空地。那裡有一座未完工的廢棄建築，是前後沒有牆壁的半開放狀態，僅剩光禿禿的骨架，水泥和鋼筋等建材隨意散落一地。

沒有時間多想，眼下唯一能藏身的地方就是這裡。權澤舟一踏進建築物，就沿著布滿灰塵的樓梯一路向上衝。

「哈啊、哈啊……」

他一口氣衝到四樓才停下來大口喘氣，心臟跳到胸口發疼，甚至有點想吐。雖然身上只穿著一件單薄的襯衫，他卻一點也不覺得冷。

追趕他的那群人也跟著來到建築物下方。他算了一下人頭，共有四人。還有一個在哪裡？

權澤舟躡腳走向樓梯旁的牆壁，背部緊貼牆面仔細傾聽周圍的動靜。他感覺到有人正在輕聲靠近，於是悄悄解開皮帶抓在手上。

對方一步步登上樓梯，從牆邊探出一小截槍管。看準時機，權澤舟拋出皮帶扣環，扣環旋轉一圈準確地套住槍桿回到他手裡。他用力往上一拽。

砰！砰！砰！砰！

槍口被強行抬高，子彈連發，全數射向天花板。權澤舟鬆開皮帶，一端纏在手上，像甩鞭般打向對方手背。那人吃痛地唉叫一聲，槍掉落在地。權澤舟一腳踢開，趁對方彎腰撿槍的時候，用皮帶勒住他脖子。那人死命抓著勒緊的皮帶，雙腿不停亂蹬。

「……咯呃！」

權澤舟毫不留情地收緊力氣。幾秒鐘後，見對方顫抖的身體漸漸無力，他倏地放手。男人雙膝噗通著地，直接跪著昏了過去。權澤舟補了一腳，將對方踹倒後才鬆了口氣。總算解決掉一個了。

樓下這時已經開始有了動作。剛才的槍聲引來了那名男子的同夥，爭先恐後地趕上樓。步槍落在了正對樓梯的位置，要是不及時撿回來，可能連還擊的機會都沒有，直接當場被打成蜂窩。可是徒手對付一群武裝分子，更是完全沒有勝算。

權澤舟再次深吸一口氣，在地上俐落翻滾一圈，及時撿起那把步槍。此時，那群人就快抵達樓上。一見到權澤舟，他們連忙舉槍，但權澤舟反應更快，率先扣動扳機。接連幾聲槍響，兩個男人發出臨死前的慘叫，雙雙滾落下樓。他們發射的子彈則偏離了目標，嵌進了無辜的天花板。

權澤舟毫不留戀地拋棄彈匣已空的步槍，朝前方而移動。還有兩個。他迅速計算著剩下的敵人數量，小心觀察著下方的動靜。

「……？」

權澤舟冷不防抬起頭。剛才似乎又有什麼東西進入了他的視線。然而，當他重新仔細掃視時卻又一無所獲。為什麼老是看到幻影？自己緊張的呼吸聲清晰可聞地盤旋在耳邊。

他努力說服自己那不過是一時眼花。現在不是被這種莫名的感覺干擾的時候。明知如此，權澤舟卻無法擺脫這股說不清道不明的第六感。

「……！」

又出現了。權澤舟索性站起身，仰頭望向對面的建築物。距離太遠，難以清楚聚焦。他瞇起眼睛注視著對面，剛才在屋頂上一閃而逝的形影已然消失。

他不相信幽靈或鬼魂那類東西。但方才目睹到的形體，讓他難以否認或許就是那種超自然的存在。人類絕不可能像那樣移動。

正當權澤舟陷入不合時宜的思考時，下方突然傳來猛烈的攻擊。連續飛來的子彈將他前一秒站立的地板打得粉碎。他好不容易躲開來，仔細觀察敵方的動向。

剩下的兩個傢伙似乎擬定了戰術，一人衝進了建築物，另一人則拿著槍準備朝樓上攻堅。權澤舟急忙環顧四周，找尋待會應敵的方法。然而，這裡既無處可躲，也找不到能用的武器。

此時，下方霍然傳來槍響。權澤舟本能地停下腳步，用耳朵辨別槍聲方位，瞬間聽到一聲淒厲的慘叫。

「呃啊啊啊啊！」

與其說是慘叫，感覺那更像是一種嘶吼。聲音來源就在樓下不遠處。權澤舟又等了一會，但沒有再聽到任何動靜。為了觀察情勢，他探頭往建築外望去。外面待命的那個人顯然也被槍聲和慘叫聲嚇到了，正慌忙地四處張望。一看到權澤舟，他二話不說扣下扳機。

權澤舟趕緊閃身躲過迎面飛來的子彈。他實在搞不懂現在到底是什麼情況，只知道自己今天真是衰到家了。沒多久，在外面留守的男人也進入了建築物內。腳步聲規律地從樓梯間傳來，越來越接近，越來越大聲。對方再過不久就會抵達四樓。

事情到了這個地步，只能做個了斷。權澤舟從右手的袖口上輕摘下一顆鈕釦。伴隨著細微的電子儀器聲，脫落的鈕釦帶出一條細長的電線——這是一枚微型炸彈。在萬不得已的情況下，他打算利用這枚炸彈來脫身。

扯斷電線後，他將炸彈緊緊握在手裡，屏息等待那名男子的出現。

「……？」

時間一分一秒過去，男人卻遲遲沒有現身。周圍靜得聽不到半點聲響，彷彿這棟建築物裡只剩下權澤舟一人。他連一絲呼吸聲都感受不到，更別說是上樓的腳步聲了。

到底發生了什麼事？難道對方藏匿在某處，等待權澤舟自己先露出破綻？權澤舟再次探出頭來掃視空地，依舊沒見到任何人的蹤影。這究竟是什麼弔詭的局面……正當權澤舟的疑惑來到最高點的時候，突然有東西自後方從他頰側嗖地伸了出去。

「……！」

目光不經意望去的瞬間，權澤舟全身僵住無法動彈。那是一條伸得筆直的手臂，而懸掛在手臂盡頭的，正是最後進入建築物的那名男子。權澤舟勉強從衣著辨認出對方身分，因為男子的臉被一張巨大的手掌完全包覆。說得更準確一些，那隻手臂的修長手指，深深插進了男人的雙眼。男人被推出建築物之外，整個人吊在那嵌入眼窩的手指頭上，懸於高空，雙腿痙攣似的抖動著。

「咯啊……呃吱咯……咯呃……」

男子的嘴裡發出詭異的呻吟。權澤舟雙眉緊蹙，背部如同冰凍般僵硬。他不敢轉頭去確認那隻怪物般的手是屬於誰的。並非他缺乏勇氣，而是出自於一種本能的抗拒心理。

他甚至連呼吸都變得困難。

那宛如起重機般伸出的手臂的人顯然無意繼續拖延下去，像撣去身上的毛髮一樣，一個動作便將吊掛在他指頭上的男子甩出去，不帶分秒遲疑。男子就這樣垂直墜落，建築物下方傳來「砰」的一聲重響。

現在就只剩下權澤舟一人了。不，正確來說是兩個人，還要加上這一個不明來歷的殺人魔。權澤舟不用回頭，也能感受到他們之間的距離近到對方一伸手就能將他逮住。像是一頭飢餓的野獸在物色獵物，他感覺有道潮溼黏膩的目光在脊背上游移。權澤舟毫無根據地認定，這個傢伙就是自從他被綁架以來，多次目睹到的那個神祕形體。

權澤舟閉上雙眼，再慢慢睜開，強迫自己冷靜下來。被恐懼暫時凍結的感官漸漸甦醒。此刻他才開始感知到了周遭的異樣：一個遠超過他身高的巨大黑影；一抹強烈刺鼻、足以麻痺嗅覺的氣味；以及一股能夠震懾四方的凜冽之氣。

他緊握著手中的微型炸彈鈕釦。就算對方是殺人不眨眼的魔鬼，遇到爆炸也不可能全身而退。當然，距離這麼近，若運氣不好，自己的手腳也可能會被炸飛。但緊要關頭也容不得他再耽擱下去。他只要發動突襲招數，出其不意地將炸彈塞進對方的眼睛、鼻子或嘴巴裡就能成功。權澤舟拿定主意後，陡然轉身。

他還來不及行動，握著炸彈的手就被對方抓住，視線猛然翻轉。大腦還沒反應過來，炸彈已從手中滑落。想到即將迎來可怕的疼痛，權澤舟不禁緊閉雙眼。然而，爆炸聲卻在樓下響起。伴隨著高溫的爆炸熱浪來襲，他最後的一項祕密武器就這樣灰飛煙滅。

權澤舟的腦袋緊貼著粗糙的水泥地面，只有筆直站立的長腿映入他顛倒的視野。眼前是一雙特別修長的尖頭款鱷魚皮鞋。權澤舟曾經在雜誌上見過圖片。鞋面的光澤令人聯想到鱷魚的皮膚，因此印象更加深刻。這雙鞋好像要價四千美金左右，如此高級的奢華品，穿在一個殺人魔腳上，未免顯得有些突兀。

「弄髒了呢，能不能脫下來借我擦一下？」

這是那傢伙開口說的第一句話。他的聲音沒有想像中低沉粗厚，聽起來還滿年輕的。但他突然要求脫掉什麼？所謂弄髒的，指的應該就是他剛剛戳穿人眼的那隻手了。雖然隱約猜到了他的意思，權澤舟還是不想遂了他的意。畢竟如果連唯一的一件襯衫都被奪走，不必等對方出手，他自己恐怕會先凍死在這種天氣。

可惜，對方顯然不是個有耐心的傢伙。在權澤舟繼續裝聾賣傻之際，熟悉的冷硬物抵上他被壓制的腦袋瓜——是柯爾特手槍。

「……該死。」

低罵著髒話的同時，權澤舟被迫解開襯衫的鈕釦。右手被那傢伙抓住，他只能利用左手，偏偏這件新襯衫的鈕釦卡得死緊，單手操作相當費勁。就在他終於解開了第二顆釦子時，那傢伙一把攫住他的後領，當場撕裂了整件襯衫。

在對方的蠻力之下，爆開的鈕釦打在權澤舟的下巴和臉頰。緊接著，某種冰冷的東西取代了那傢伙的手，將權澤舟扭曲的手腕牢牢箝制。他試著抽回手，卻聽到了一聲清脆的「喀嚓」。是手銬聲。手銬的另一端已被固定在一旁的金屬物上。而此刻權澤舟的頭此時依舊被壓在地上無法動彈。

那傢伙的影子從容地緩緩退開。隨著他的動作停止，權澤舟看到自己那件滿是血跡和體液的襯衫被扔在地上。

接著，那傢伙深深吸了一口氣，然後吐出更綿長的氣息，感覺像是在抽菸。經過幾回慵懶的吞吐之後，那傢伙身上散發的氣味變得更加強烈。

不是一般的尼古丁，而是更為濃郁深沉、帶有一絲苦澀，還混雜著一抹溼潤水氣的獨特氣味。這是什麼味道？

半晌後，一截粗短的東西頓時掉落在權澤舟上下顛倒的視線範圍裡，原來是手工雪茄。

那傢伙抽完菸後旋即轉身，筆直的長腿邁開步子逐漸遠去。他似乎完全沒打算收回手銬，就這麼徑自走下樓梯。對方顯然身形十分高大，高到權澤舟過了許久才終於看到他的後腦杓。這就是最後的畫面。

等那傢伙的氣息完全消失，權澤舟才吁出一口氣。感覺全身的力量也跟著一同被抽乾，強撐著的身體隨之癱倒。殺人魔一消失，近似幻覺的冷冽氣息也跟著消退，這時他才感受到了現實中的低溫。刺骨凌厲的寒風讓雞皮疙瘩都不敢冒出來，彷彿整片皮膚都要凍到裂開。該死。權澤舟嗤下髒話，懊惱地捶了下地板。

不久後，耳邊傳來了極為熟悉的聲音，從遠而近。是警車的警笛聲。

權澤舟在警察局裡待了很久。有名警員給他一條厚毯子保暖。不知那毯子多久沒洗了，散發著一股霉味。儘管室內開了暖氣，但外頭的寒意依然悄悄滲了進來，權澤舟不得不披上那條毯子禦寒。

他裹著毯子，低頭看著自己纏著繃帶的手腕。殺人魔的手印還清清楚楚地留在他手腕上。也許是當時太過震驚還沒回神，他在接受急救時還渾然未覺，直到救護人員告知他手腕脫臼，他才驚覺自己的手腕一直使不上力。他試著動了動露在繃帶外的手指，不禁噗哧一笑。

真是荒謬可笑。無端遭到綁架也就算了，結果救了自己的那個殺人魔居然就這麼消失了。不對，這樣算是被他救嗎？不僅衣服被扒走，好端端的手腕也被弄到脫臼。警方要是再晚來一步，自己可能早已凍成一具殭屍了。

那傢伙真的是人類嗎？光是抓住手腕就能讓成年男性的關節錯位。假如原本就是骨瘦如柴、容易受傷的體質那還能理解，但權澤舟的體能條件和耐打程度都是一致公認最優秀的，可見那傢伙的力量實在是超乎一般常理。

這時，負責的警官再次出現。他一坐下，老舊的椅子便發出嘎吱聲響。

「看來這次事件應該是對這項合約心懷不滿的某些勢力所為。畢竟這次的交易規模龐大，眼紅的人應該不少。聽說涉及的賭注金額可是以兆為單位。」

這名公務員竟把國與國之間的合約當成賭局，甚至在說到預期收益時，他那渾濁的眼珠子都亮了起來。權澤舟一言不發，眼神淡漠地盯著牆上的時鐘看，一心只想快點回到飯店。

然而，負責的警官仍口沫橫飛地講個沒完，希望他別因這次事件對俄羅斯產生無謂的偏見，並且信誓旦旦地保證絕對會查明幕後真相。一直到他上司去吃飯回來後問了一句：「還沒放人嗎？」長舌警官這才准許權澤舟離開。

「我的行李在……」

「啊，您是說那些人車上的行李嗎？我們已經幫您拿過來放在那裡了，還順便檢查過，確認裡面沒有安裝炸彈或追蹤器。這只是一點舉手之勞而已，其實也沒什麼好道謝的。」

聽起來分明就是要人道謝。權澤舟朝他點頭然後起身。正如警官所說的，行李就放在門口。他匆忙拿起行李，離開了辦公室。走下樓梯，他正思考著要如何回到飯店，先前那名警官又追了上來。權澤舟原以為警官是有其他事要辦，不打算加以理睬，但警官始終保持一定的距離，一直跟在他身後。權澤舟最終不得已地停下腳步，回頭問道：

「有什麼事嗎？」

「既然已經被盯上了一次，沒有人保證不會再來第二次。況且他們死了不少同夥，有可能會進一步報復。所以，我會將您安全地送到飯店。」

說完，他又習慣性地補了一句：

「啊，您真的不用謝我沒關係。」

果然還是要人感謝他啊。警官也不管權澤舟是否同意，說了聲「這邊請」，便走在前方為他帶路。這一番多餘的好意簡直是給人添麻煩。不過，現在的權澤舟是坂本弘，剛被綁架，甚至還差點丟了小命。作為一個普通民眾，沒有理由拒絕公權力的保護。權澤舟於是迫於無奈地接受了警官的好意。

停在停車場的是一輛烤漆剝落且車身多處凹陷的伏爾加汽車。這輛老爺車至少有十五年以上的車齡了。警官替權澤舟將行李塞進早已變形、很難打開的後車廂裡。權澤舟從行李中拿了件衣服出來應急。就在他套上衣服的時候，警官已經坐進駕駛座，發動了車子。老舊的車體隨著引擎的啟動「哐啷哐啷」地搖晃。

權澤舟猶豫著要不要坐在後座。違背這一點小禮節無傷大雅。但他想起日本人一向是近乎病態地避免失禮或造成他人困擾之事。最後，他無聲嘆了口氣，拉開副駕駛座的門，想也沒想地就坐了進去。

感覺屁股下面好像有東西，權澤舟伸手往座位一探，結果拉出了一條絲襪。警官若無其事地把絲襪抓過來隨手丟到後座，並將儀表板上散亂的麵包塊、紙杯和成人雜誌胡亂塞進角落。

「我還以為您只跟書本打交道，沒想到也挺熱衷運動的？」

警官自己也有點尷尬，急忙轉移話題，大概是剛才有注意到權澤舟的身材還不錯。權澤舟是在工作中自然練就這一身肌肉，與那些刻意用健身器材雕塑出來的不太一樣。鎮日伏案工作的人，很難維持這樣的肌肉線條。權澤舟聳了聳肩，隨口糊弄：「久坐也是需要體力的。」說完自己也覺得這話有些牽強。

但這輛老爺車遲遲開不出警察局，結果是後輪出了問題，出發前還得換新胎。權澤舟本想趁這機會改搭計程車走人，但警官以保護既是受害者又是證人的他為藉口，硬是堅持要送他到飯店。最後終於在換好輪胎後，他們才從警察局出發。

「到了飯店後，您什麼都別想，儘管好好休息。如果失眠的話，喝點伏特加也許會有幫助。我們會將那些讓您陷入危險的壞蛋們一網打盡、杜絕後患。」警官接著問道：「對了，您剛剛說什麼去了？」

自顧自地說了一大堆的警官歪著腦袋發出疑問。這問題範圍太廣，權澤舟沒答話，只是看著他。

「不是說現場除了那些一命嗚呼的傢伙，還有另外一個人嗎？穿著名牌牛皮皮鞋的那個。還說有聞到一股腐臭味？而且那傢伙還徒手戳穿別人的眼球，然後把人從高樓上扔下去，沒錯吧？」

權澤舟在警局已經多次陳述在現場目擊的經過，但這名負責的警官壓根什麼都沒記住。看來他沒把這件事放在心上。所謂的「一網打盡、杜絕後患」也只不過是隨口說的好聽話。權澤舟本就沒抱太大期望，低嘆了一聲，糾正他：

「不是牛皮，是鱷魚皮。」

「也有可能只是外觀像鱷魚皮的牛皮皮鞋吧。」

「那個絕對是真正的鱷魚皮。我記不得確切的牌子，但那雙鞋的價格至少要二十五萬盧布以上，顏色是深棕色，大約是美國尺碼十三到十四號之間，看起來就像剛從盒子裡拿出來的全新狀態，代表鞋子幾乎沒有磨損，或是才剛買沒多久。不管是哪種情況，總之對方一定是個頗有財力的人。」

權澤舟激動地反駁到一半，忽然意識到不對，才發現警官正用驚訝的眼神看著他。他轉開視線，狀似隨意地補了句：「因為那雙鞋恰巧是我曾經相中的商品。」這句話並非完全瞎掰。但警官還是沒有收回目光，像是起了什麼疑心似的盯著他，隨後輕笑了一聲：

「好吧，就當它是鱷魚皮鞋吧。」

那副大人有大量的妥協口吻、嘻皮笑臉的態度令權澤舟感到不悅，搞得好像自己是在為了一點小事斤斤計較。他並不想將情緒表露在外，但臉色還是變得不太好看。必須一直按捺著性子，讓他難受得快要爆炸。

行駛中的車輛在紅燈前停了下來。權澤舟一路上保持著平靜，終於還是忍不住開口：

「而且我說的不是腐臭味，是燃燒的氣味。不是那種一般的香菸，而是像手工雪茄的味道。」

「好的，我會把它當做參考。」

對方語氣漫不經心，像是在敷衍。分明是警官，卻對出現在市中心的殺人魔毫無興趣，反倒對日本女人展現出極大的好奇心，途中不斷詢問她們是否真的像傳聞中那樣把丈夫當成上司來伺候，還有和服的腰帶，是否真的是為了隨時躺下而準備的墊子。權澤舟幾乎可以百分之百篤定，這該死的俄羅斯警察是絕對抓不到那個殺人魔的。

煎熬的忍耐時光總算過去，車子來到了某家高級飯店的門前。

「好，我們到了。也不曉得那些人什麼時候會再來找您，最好還是換個住宿的地方。如果需要私人保鏢的話請私下跟我聯絡，我會全力以赴地提供幫助。啊，謝禮呢就不用了，只要您請我喝杯酒就行了。」

權澤舟已經連苦笑都擠不出來，勉強扯了下僵硬的唇角：

「我再考慮看看。今天真的麻煩您了。」

「別客氣，這就是俄羅斯人的義氣，您不用謝我。」

就在等著他說這句話。權澤舟鞠了個躬，迅速轉身離開。警官臨走前還毫無自覺地說了句讓權澤舟避之唯恐不及的話，表示如果需要喝酒作伴的話都可以找他。

權澤舟走進大廳，行李員接過了他的行李。飯店距離機場明明不到一小時的車程，卻因為飛機延誤、被綁架，再加上接受調查，足足耗了大半天才抵達。權澤舟疲憊至極，拖著蹣跚的步伐走向櫃檯。

「歡迎光臨，先生。」

對方恭敬地問候，但權澤舟只是沉默地遞上護照和信用卡。他臉上的倦容過於明顯，讓櫃檯人員也不再多話，加快了辦理入住的速度。很快地，權澤舟便拿到了房間的鑰匙。

他本來打算立即上樓休息，但腳步躊躇了片刻，似乎在思忖些什麼。最終，權澤舟轉身詢問：

「請問這附近有沒有手工雪茄專賣店？」

「手工雪茄的話，我們飯店內的商店就有在販售。我們備有各式各樣的商品，應該能找到符合您口味的雪茄。商店就在大廳後面，這裡給您一份飯店設施導覽圖參考。」

櫃檯人員遞上了導覽冊，權澤舟隨即朝著指示的方向走去。儘管他極度想休息，但心中揮之不去的疑慮讓他決定還是先確認一下比較好。一旦正式展開任務，恐怕很難再有閒暇處理這些小事。

他很快找到了手工雪茄精品專賣店。店面外觀奢華，櫥窗裡陳列的高級商品立刻吸引了他的目光。他毫不猶豫地走進去，一名體格壯碩的店員立刻熱情招呼：

「歡迎光臨，有想要找什麼特定的商品嗎？」

「我不太清楚品牌，但曾經偶然間聞過一種味道。」

權澤舟有些茫然地四處張望著。店員的濃眉微挑，乾脆走到了展示櫃前介紹。

「古巴產的手工雪茄在世界上是首屈一指的。這裡的雪茄大部分都是來自古巴，只是它們掛的品牌名不同而已。雖然說是手工製，但也並非完全都是小型工坊的少量製作。您現在看到的這支『麥克紐杜（Macanudo）』，可是美國銷量第一的品牌。賣得好就說明它受眾廣，很適合新手，柔和的口感非常棒喔。」

看來店員是把權澤舟當成了手工雪茄的入門者。他接過店員遞來的「麥克紐杜」，仔細端詳了一下。

「這支價格多少？」

「一根七美元，價格很實惠喔。」

「那應該不是這個。」

權澤舟把雪茄交還給店員。店員將雪茄重新擺回展示櫃，確認似的問道：

「您是在找偶然接觸過的某支雪茄嗎？」

「是的，我想弄清楚那到底是哪一款。」

「嗯……那您能提供一些線索嗎？」

店員露出了一絲奇妙的微笑。要從數百款雪茄中，僅憑偶然接觸過的氣味來找到特定的產品，這項挑戰似乎算是雪茄店員的一種獨特興趣，像是一道關乎專業自尊的謎題。

「抽那款雪茄的人，穿著價值四千美元的皮鞋。」

「腳下穿著如此昂貴的消耗品，說明那位先生相當富裕。這類人總是追求最頂級的東西。這裡的雪茄都屬於精品，不過其中有一些特別優質。像這款叫做『羅密歐與茱麗葉』的雪茄，味道厚實，帶有豐富的辛香氣息，還能感受到溼土、蘑菇和蜂蜜的甜蜜風味。」

「確實有一點潮溼的氣味，但不是泥土或蘑菇那種香味。好像帶有一絲甜味，但也不是蜂蜜的那種甜。」

「如果沒有泥土味，那應該不是埃爾德爾蒙多雪茄了。那有聞到木材燃燒的味道嗎？有皮革味嗎？」

「嗯，好像是偏木頭燃燒的味道，沒有皮革味。」

「那味道很辛辣嗎？」

「嗯……感覺並不辣。」

「那麼也不是蒙特克里斯托。形狀呢？是整支圓柱型的，還是頭尾部分是尖錐型的？」

「我只看到抽剩的部分，不是尖的。而且還聞到一種芬芳的氣息。」

「哦，那麼應該是這個吧？」

店員笑容滿面地拿出了一根雪茄。權澤舟都還沒詢問，店員就已經開始自動講解了起來：

「這是高希霸貝喜奇（Cohiba Behike），它的特點是香氣深邃而細膩。味道沉穩中帶著一抹淡淡的幽微芬香，使得它的整體風味十分出色。要不要試試看呢？」

權澤舟默默點頭。店員拿出專用的火炬打火機點燃了「高希霸貝喜奇」。與普通香菸不同，雪茄的末端像被火點燃的樹葉一樣慢慢燃燒，灰燼沒有掉落，而是保持著形狀緊緊附著在雪茄上。

權澤舟品嘗著充滿口腔的雪茄香，一面看著雪茄慢慢燃燒，一面聞著飄散的煙霧。但最終，他還是搖了搖頭。

「很像，但還是有點不同。」

「是哪裡不同？」

「整體感覺非常相似。但當時我聞到的雪茄味似乎更加深沉厚重，還有那股香氣好像也比這個豐富。而且這支雪茄沒有我之前聞到的那種潮溼的氣味。」

「如果你聞到了潮溼的味道，很可能是對方點燃雪茄前，在雪茄的末端稍微沾了點干邑白蘭地，這樣干邑特有的風味會與雪茄香氣融合在一起。」

店員做了個稍等的手勢便離開了展示櫃。過了一會，他回來時手中端著一杯酒，似乎是干邑白蘭地。他用雪茄剪將燃燒的雪茄剪斷，將末端浸入干邑中，然後重新點燃，再遞給權澤舟。

「您再聞聞看。」

「更接近了，但還是不太一樣。」

聽到失望的回答，店員陷入了深思，習慣性地揉著皺起的眉頭，自言自語地低喃：

「味道相似，應該是同一類雪茄，但比這個更濃郁豐厚……這樣的話，我只能想到一種。」

「是什麼？」

權澤舟急急追問。店員摸著下巴稍作思索後，終於開口：

「一般來說，高希霸的雪茄都是用發酵兩次的菸葉製成的。不過，幾年前為了紀念高希霸雪茄誕生四十週年，他們生產並銷售了一款名為『高希霸貝喜奇』的限量雪茄。據說是使用最優質的菸草葉經過三次發酵才製成，並在製作完成後保持適當的溼度和溫度，然後在雪茄盒中儲存六年，以提升香氣的內涵。可惜的是，這款雪茄只在西班牙限量發售了四千盒。許多雪茄迷都為了入手這款商品而費盡心思，我也是其中之一。這款限量雪茄的特點就是比一般的高希霸香氣更醇厚，更有層次感。因為是限量版，自然價格不菲，售價要四百美元。當然，這是指單支的價格。」

一支雪茄要價四百美元。濃厚深沉的香氣，再加上豐富的芳香，潮溼的味道源自於雪茄末端沾上了干邑。穿著四千美元的鞋，抽著一次燒掉四百美元的雪茄，如此奢侈成性的生活，的確會使人變成一隻怪獸。

「那這款限量雪茄，現在還有存貨嗎？」

「如果有的話，我也想親眼看看呢。」

店員無奈地笑了笑。無論如何，權澤舟的疑惑終於解除了。他掏出幾張鈔票，準備表達謝意，差不多是三張百元美鈔。

「不必這樣，畢竟您也沒找到您想要的東西。」

「那我就帶一支這個走吧。讓您費心了，很感謝您的幫忙。」

權澤舟隨手拿起旁邊一支價值二十美元的手工雪茄，然後走出了精品店。全世界限量四千盒的「高希霸貝喜奇」，真想不到，一個殺人魔竟有如此高雅的品味。

權澤舟走進飯店房間，看到行李已被放在房內。他連行李都還沒打開，就已經迫不及待脫下衣服走向浴室。進到淋浴間，他拉開水閥，讓溫熱的水從頭頂傾瀉而下。他手拄牆壁，支撐著上半身，靜靜地接受水流沖刷。此刻的他需要一些時間來整理腦中思緒。

他一抵達俄羅斯便遭到綁架，警方說這是反對能源設施合約的勢力所為，對此權澤舟也只能同意，這一點沒什麼好質疑。反而最令他費解的是那個穿著鱷魚皮鞋的男人。那人究竟是誰？他為何會出現在那裡？儘管最終被他出手相救，但光憑這一點，還不能輕易斷定他就是盟友。對方是否本來就沒有傷害自己的意圖，還是只是因為警方快速出動而無法得逞？

那個人光是站在背後，就讓權澤舟感到窒息，身體彷彿無法動彈。猶如一隻隱匿在近處的鱷魚，稍有動作便會被牠撕成碎片。感覺自己像在無防備的狀態下被扔進野蠻的原始叢林，毫無抵禦之力。權澤舟第一次感覺到自己喪失了反抗的勇氣。縱使懷著求生的意志奮力一搏，最終還是難以擺脫被對方輕鬆擊潰的命運。萬一那傢伙當時下定決心要傷害自己，結果會是如何？

尖頭皮鞋、雪茄燃燒的味道、從容不迫的聲音，以及下手不留情的暴力。那傢伙的暴力並不僅僅是為了壓制對方，更像是一場逐步植入恐懼並徹底將其摧毀的過程。

權澤舟咬著牙，搖了搖頭，強迫自己甩開腦中那揮之不去的畫面。這種會造成陰影的記憶就該盡快忘卻。

正想趕緊洗完澡，但纏在胳膊上的繃帶實在礙事。權澤舟不假思索地解開了那條沾了水的繃帶。雖然受傷的手腕還有些痠痛，但還不至於無法忍受。

他乾脆地撕下臉上那層煩人的人造皮膚。表面那張平庸的五官剝落，取而代之的是權澤舟那充滿自信、俐落的真實面容。他迅速地洗完臉，洗完頭，披上了浴袍。

走出浴室，權澤舟立刻打開了行李。裡面的物品跟著他經歷了各種波折，已經變得亂七八糟。他撥開最上層的衣物，找到了刮鬍刀、掌上遊戲機、手錶、平板電腦和相機。他一一將這些東西排列整齊，接著從隨身攜帶的工具箱裡取出了一把小螺絲起子。他將那些看起來像剛買的全新品逐一拆解，分別取出所需的零件重新組裝。

最後組裝完的成品是一個小型裝置，他將公務手機接上這個裝置。這是一臺高科技設備，能夠使用飯店內的通訊網絡，自動定期更換IP，並阻擋竊聽和駭客入侵。他把裝置插上筆電，然後啟動電腦。

輸入密碼後，稍作等待，很快便出現一個普通的電腦桌面。眾多圖示中，他點開了一個常見的社交通訊軟體。登入後隨即跳出了國情院的標誌，迅速與總部連線。林部長一出現在畫面中，立刻對他發出指責：『你來晚了。』權澤舟同樣也有滿腹的苦水要倒：

「就不能找個安全一點的身分嗎？」

『如果只是個無足輕重的小角色，怎麼可能接觸得到高層呢？』

「您的意思是，早就預料到我會遭到歹徒綁架？」

『怎麼可能，只是不排除有這種可能性罷了。不過，你這麼優秀，我相信你無論遇到什麼危機，都會像現在這樣平安活著回來。』

還真是能言善道。權澤舟露出不高興的表情，繼續質問下去：

「到底發生了什麼事？您不是說天然氣公司會派人來接我嗎？」

『是啊，他們的確聯絡我說會派人去機場接你。』

「您確定那真的是天然氣公司那邊發出的聯繫嗎？」

『那當然！你的身分還差點曝光。他們等半天等不到你，竟然直接打電話到伊藤忠商事確認。我費了好大的功夫才攔截到那通電話。聽說你坐的那班飛機，因為機艙裡出現騷動，沒有準時抵達？所以你才會和接機的天然氣公司員工錯過啊。結果有一個在你之前入境的亞洲人冒充了坂本弘的身分，後來他們才發現接錯人，那人根本不是坂本弘。而你剛好在這段時間被一個冒牌員工綁架了。』

沒錯，從飛機上就開始衰事不斷。先是有喝醉的俄羅斯人大鬧機艙，導致班機延誤。一下機，又遇到了那個假冒天然氣公司員工的瓦西里。

『您似乎比預計的抵達時間晚了不少？』

『飛機上出現了一點小騷動。』

『是不是又有酒醉乘客鬧事了？』

『……你是怎麼知道的？』

他怎麼會不知道呢？他們就是一夥的啊。權澤舟不禁懊惱自己讓那個叫瓦西里的傢伙死得太輕鬆了。他越想越氣，一握拳就感覺手腕在隱隱作痛，不由得蹙起眉頭。

他怔怔看著自己的右手臂。之前被那個殺人魔抓住的指痕瘀青還清楚地殘留在手腕上。權澤舟竭力壓抑住的、與那傢伙交鋒時的驚駭感再次浮現。看來必須查出那傢伙的身分才行，不弄清楚的話，這種糟糕的屈辱感恐怕會不斷在心頭縈繞。

權澤舟把那名殺人魔的事情告訴林部長，打算借助總部的情報網來調查。但林部長的反應卻讓他有些失望。

『說真的，你連臉都沒見到，我們怎麼幫你確認那個人是誰呢？你自己去查到的雪茄，不是說已經賣出了四千盒嗎？那麼買家最少也有四千人，要是每個都去追查，可能查到天亮都查不完。而且，那傢伙穿的那雙鞋，也不是什麼限量的款式啊。』

權澤舟本來張開嘴想反駁，但還是訥訥閉上了嘴。林部長說得也沒錯。

『第一天就這麼折騰，辛苦你了啊。』

林部長這麼安慰道。權澤舟聽了只是不情願地點了點頭。林部長見他這種反應，稍微向前傾身：

『我知道你向來喜歡獨來獨往，但看你才剛去就如此手忙腳亂，叫我這個遠在天邊的上司怎麼能放心呢？我簡直是牽腸掛肚啊。』

這番莫名其妙的話聽得權澤舟一陣不適。『所以呢，』聽到林部長話鋒忽然一轉，權澤舟有種不太妙的預感。

『我特地為你找了一個幫手。』

「不是講好我自己行動了嗎？」

權澤舟皺起了眉頭。這次的任務本該由他獨自進行的，出發前根本沒聽說會有任何搭檔。

事到如今，他人都已經在俄羅斯了，林部長才偷偷地透露這件事。這老狐狸般的傢伙！權澤舟不爽地瞪著螢幕，林部長卻毫不在意，繼續說個不停：

『他不僅熟悉那裡的地理環境，還對當地權力和金錢的流向瞭若指掌，能夠給你很大的幫助。看情況，過兩天他會主動聯繫你。我會找個適當的時機把他的照片傳給你，到時你務必確認清楚。』

劈里啪啦地自顧自交代了一大串，林部長又像是忽然想到了什麼：

『啊，明天你會直接跟簽約方見面，記得好好了解一下LNG設施的工程情況。』

權澤舟還沒來得及回應，通訊就被切斷。林部長隨後傳了一個檔案過來。權澤舟面露不悅地打開了附件，一份足足有五百二十七頁的PDF文件顯示在螢幕上，裡面詳細記載了俄羅斯與日本之間簽訂的合約內容，及LNG設施的工程資料。

「……」

盯著文件上密密麻麻的小字，權澤舟陡然轉頭看向那張整潔無比、舒適誘人的床。但他別無選擇。

權澤舟無奈地長嘆一口氣，整個肩膀都垮了下來。他站起身，走到迷你吧前，從冰箱拿出一罐啤酒。啤酒罐上凝結著一層薄霜，他一口氣喝掉了大半罐的酒，然後又回到了桌前。坐下的時候，他做了個深呼吸。誰能想到都畢業這麼久了，還得這樣挑燈夜戰讀書。

權澤舟一臉無精打采地坐在飯店的高級餐廳裡。這裡即將舉行一場日俄兩國核心人物的午宴。所幸，日本方的相關人士沒有對他產生任何懷疑，畢竟沒有人會去特別留意一個普通的商社員工。只要順利度過今天的午宴，再參加幾天後的慶功宴就行了。等到那場俄羅斯政商界巨頭雲集的宴會結束，他飾演坂本弘的這場戲也將隨之告終。

他瞟了一眼手腕上的手錶。午宴預定時間是十二點，但分針早已越過數字十二，直奔六而去。那些按時到場的人員已在座位上尷尬呆坐了將近三十分鐘，因為俄羅斯天然氣工業公司的代表到現在還沒抵達。現場天然氣公司的業務負責人不斷打電話回公司確認。他站也不是，坐也不是，焦急得像熱鍋上的可憐螞蟻。

「……坂本先生？」

注意力被這幅亂糟糟的景象吸走，權澤舟沒聽到俄羅斯官員的提問。

「嗯？啊，對不起，您剛才說了什麼？」

「聽說您入境時遭遇了可怕的事件，現在還好嗎？」

「哦，謝謝關心。幸好有俄羅斯警方及時趕到，我才能安然無恙。他們還非常親切地送我回住處。」

「真不知道該怎麼向您道歉才好。讓您經歷了這樣的事情，非常抱歉。」

「不，您不需要道歉。是我應該多加注意的，真是不好意思。」

權澤舟故作客氣地回應，眼神裡卻沒有絲毫的歉疚。他都說了沒事，但對方依舊不停地道歉。沒多久，日本代表團也加入了，也頻頻跟對方低頭鞠躬。「真抱歉，給您添麻煩了」、「是我們這邊的疏忽，請您不要放在心上」、「是我不對」、「不，我才應該道歉」，頓時變成一場道歉大會。

權澤舟的胃突然感覺不太舒服。他從位子上站起來，兩方代表團的目光立刻集中到他身上。原本想悄悄離場的他只好勉強擠出一個尷尬的笑容，做了個要去洗手的手勢：

「不好意思，我去一下洗手間。」

出了會場，權澤舟剛關上門便忍不住發出嘆息。他伸手將箍緊的領帶鬆開一些，動作卻突然停頓。走廊那頭，天然氣公司的業務負責人還在打電話催促，雖然壓低了嗓門，但語調仍相當激動地訓斥：

「代表到底在哪裡？他出發了嗎？到底是想急死誰啊？」

權澤舟悄悄從他身後經過。用不了多久，對方醞釀多時的怒火瞬間一發不可收拾。

「代理人？你在說什麼？怎麼會是代理人來！」

長時間的隱忍在這一刻徹底崩潰。權澤舟輕輕咂嘴，繼續慢悠悠地朝洗手間走去。

洗手間得穿越一條獨立的走廊才會抵達。他推開那扇跟挑高五公尺的天花板一樣高聳的門，走了進去。一如往常，他進門後先習慣性地查看內部空間。裡面沒人。他輕輕地呼了口氣，走到洗手臺前。

手上沒沾到東西，但權澤舟一邊洗著手，一邊反省自己這段時間的行動。前天他看著林部長寄來的PDF文件看到睡著。除了做了些不安穩的夢之外，整晚睡得倒還算不錯。可能累到中途一度失去意識也說不定。

昨天上午看完剩下的文件內容，下午則去了趟機場迎接日本代表團的主要成員。權澤舟一一回顧從那時以來發生的所有情況，目前為止並沒有犯下什麼大錯。而且讀書果然還是得靠臨時抱佛腳，他在兩天內快速讀完合約資料，趁著記憶猶新的階段，與對方交談時也能毫不費力地理解。

就在這時，權澤舟聽到門外傳來說話聲。只有一個人的嗓音，不是自言自語，應該是在通電話。會是剛才那個天然氣公司的業務負責人嗎？門被打開，就在對方聲音變得更加清晰的同時，權澤舟渾身一僵。

「……不，來是來了，但感覺實在無聊透了。」

這聲音，好像在哪聽過。是在哪裡聽到的？

並非很久之前的記憶，也不是經常聽見的熟悉嗓音。但這道聲音曾在某個瞬間深深刻在腦海裡，令人印象無比深刻。

正當權澤舟試圖從模糊的印象中挖掘出這段記憶時，聲音再次清楚地從背後響起。

「話先說清楚，光是上次善後就已經夠麻煩了。」

是他。權澤舟不用回頭也能肯定，這個人正是兩天前在那棟廢棄建築裡遇到的殺人魔。剛意識到這點，全身感官立刻變得無比敏銳。最先甦醒過來的是嗅覺。

淡淡的溼樹葉燃燒的氣味悄然瀰漫在空氣中，接著不意外地聞到了隱約的干邑白蘭地和一股馥郁的芳香——是高希霸貝喜奇。那道無法忽視的刺激，彷彿壓住了權澤舟的肩膀，使他喘不過氣來。即便對方此刻並未點燃雪茄，這股壓迫感依然強烈。

那傢伙的聲音仍停留在權澤舟背後。他在門邊停下腳步通電話。

赫然間，權澤舟感覺到了身後的目光。他不需要回頭，也不需要看向鏡子，就能確定那個傢伙正在注視著自己。權澤舟的背脊開始發涼。

「總之……我知道了。」

也許是錯覺，對方說著「總之」的時候似乎有點拖長音。說完最後這句話，通話結束。權澤舟感覺背後探尋的目光變得越發明顯。現在，安靜下來的洗手間裡，只剩下權澤舟和他兩個人。

權澤舟繼續洗著手，暗中觀察對方的動向。他視線盯著自己的手，沒有表現出任何認出對方的跡象。空氣頓時變得沉重，時間似乎走得極為緩慢。

不知過了多久，對方的腳步才開始移動。他走到權澤舟旁邊的洗手檯，打開水龍頭，「嘶」的一聲輕響後，水龍頭開始出水。對方輕輕揉搓著雙手，連這麼小幅度的動作，也讓他身上的高希霸雪茄味變得更濃。那天第一次聞到這個氣味的記憶又浮現在權澤舟的腦海。

他盡可能地保持鎮定，假裝不在意對方，關上水龍頭，並用一旁準備好的毛巾擦乾雙手。

權澤舟不知道這個殺人不眨眼的混蛋為何偏偏在這個時間、如此湊巧地出現在這裡。如果只是偶遇，那還真是該死的巧合。從對方的經濟能力來考量的話，會在這裡現身並不算奇怪。現在唯一的問題是，自己正和這傢伙一起關在這個封閉的空間裡。

要趕快避開他，絕不能和他待在同一個空間——這樣的念頭瞬間支配整個身體。權澤舟能感覺到腦壓因緊張而上升。

他把溼毛巾丟進回收箱，準備馬上離開。下一刻，對方脫口而出的一句話促使他停下了腳步。

「不打個招呼嗎？我們之前好像見過面吧。」

說著還補了一句：「日本人不是都很有禮貌的嗎？」權澤舟沒有回頭，也沒有勇氣轉動手中的門把。任意行動的話，不確定會發生什麼事。就算現在在這裡遭遇不測，甚至是被對方慢慢地碎屍萬段，恐怕也不會有人知道。屍體大概要到很久之後才會被發現。

權澤舟猶豫之際，那傢伙又嘲諷道：「原來日本武士的禮節也不過爾爾。」語氣雖然悠閒，卻一點也不讓人感到輕鬆。

接下來他沒有再繼續開口。而權澤舟全神貫注地注意著身後動靜，最終還是悶聲不響地走出洗手間。門關上的剎那，終於和對方分隔開來，權澤舟如釋重負。心臟還在瘋狂地跳動著，甚至不知道是從何時開始加速的。他都快忘了上一次這麼緊張是什麼時候的事了。

總之必須馬上離開這裡。就在權澤舟遵循本能準備迅速離去時，外套內側的口袋裡突然傳來震動。坂本弘的手機應該在外側口袋裡，那麼這震動應該是來自總部聯絡用的公務手機。

權澤舟驟然想起之前林部長說要傳搭檔的照片過來。掏出手機一看，林部長果然寄給他一張圖檔。

他毫不猶豫地點開檔案。要完全顯示照片大約需要兩三秒的時間。一秒，兩秒，三秒——他按下「下載完成」的提示通知，放大的照片終於跳出來。

「……嗯？這不是我嗎？」

無預警冒出來的聲音，嚇得權澤舟沒抓穩手機，差點掉落在地。

他不動聲色地轉動眼珠，往地板上瞥去，從他身後延伸出一個將他吞沒的巨大黑影。不必回頭，權澤舟已經知道是誰了。濃烈的雪茄木頭香氣幾乎麻痺他的嗅覺神經。

天然氣公司的代表到頭來還是沒現身。最後，餐廳裡等待的人們只好一起吃了頓飯，簡單聊了一下就散會了。因長途飛行而疲憊的日本代表團也各自回到房間休息。多虧於此，權澤舟提早結束今天的工作。只不過，真正的難題現在才要開始。

權澤舟連自己的房間都不敢進，一直在門口徘徊。隔了好一會，他才深吸一口氣，打開了門。

「……」

視線首先掃向窗邊的桌子。只見殺人魔放著好好的椅子不坐，倚坐在桌子邊緣俯瞰窗外。看來是因為腿太長，索性坐在桌子上比較舒服。那人寬闊的肩膀和結實的背部透露出一股壓迫的氣息。似乎察覺到了權澤舟的目光，他無聲地轉過頭。

在逆光的映襯下，他的頭髮散發白金色的光暈，介於白色和金色之間，閃耀著靜謐柔和的光芒。儘管眉色較淡，眉峰卻自信地向上延展，讓人不由得猜測他有著敏銳的性格。長長的睫毛半掩著，那雙半透明的藍翡色眼瞳，同時流露出隱祕的野性與冷靜的理性，交織成一種微妙的平衡。高挺而光滑的鼻梁，線條流暢地將視線自然引導至他的嘴脣。他嘴邊噙著一抹明顯的笑容，但絲毫沒有緩解權澤舟的緊張感。人的眼睛不會說謊，會弄虛作假的，應該就是始終噙著微笑弧度的那張嘴了。

整體來說，這傢伙確實有張姣好的面貌，但權澤舟就是無法對他產生好感。目光一相接，周圍的空氣粒子彷彿瞬間凍結。那道視線靜靜地蠢動，就像在窺伺著獵物，根本不像是人類會有的眼神。

他大方地向僵立在門口的權澤舟招呼道：

「別客氣，進來吧。」

簡直把自己當成了主人。權澤舟搖搖頭，脫下外套。就在此刻，一股濃郁的雪茄味撲面而來，讓他猛地轉過頭去。味道雖然不算刺鼻，卻讓權澤舟心裡極為不適，或許是因為與這傢伙初次見面的衝擊還沒能抹滅。

像是未能察覺到權澤舟臉上滿溢的反感，對方主動伸長手臂要求握手：

「我是傑尼亞。」

權澤舟盯著對方伸過來的手，下意識想著那天貫穿別人眼窩的是否就是這隻手，卻見那隻手猛然逼近。他嚇得一震，上半身不由自主地拉開距離。

見白皙的指尖停在自己左胸口前，權澤舟胸腔驟然發緊，難以正常呼吸。不料那靜止的手指頭像是在戲弄他一般，頓時輕輕搖晃起來。極度緊繃的神經瞬間鬆懈，權澤舟露出不悅的神色。傑尼亞笑著收回手。

「看起來心情不太好啊？」

「還用說嗎？要是能揍你一頓，也許就會好一點。」

權澤舟咬牙切齒，下頷不自覺用力。傑尼亞聽了只是輕笑一聲，顯然沒把這句話當一回事。

「所以，你叫什麼名字？」

「你不是已經知道了？」

「發音太拗口了，有沒有比較簡單的稱呼方式？」

「覺得拗口就別叫。」

「……」

權澤舟不耐煩的回答換來一道深沉的目光。傑尼亞的嘴依然彎成弧狀，眼睛卻發出異常銳利的光芒。房內出現短暫的沉默。權澤舟束手無策地接受對方的盯視，沒一下子便渾身不自在了起來。

傑尼亞半晌後打破沉默，開口問權澤舟：「聽說你去了警局？」他笑得若無其事，彷彿完全遺忘之前發生了什麼事情。權澤舟凝視著他沒有搭腔，幾乎是用眼神充滿高度戒備，不讓自己在他面前露出一分一毫的破綻。傑尼亞不以為意，從桌上站起來，走向了房間內的迷你吧。他掃了一眼那裡陳列的小酒瓶，最後選了一瓶威士忌。以酒潤喉後，傑尼亞聳了個肩。

「有必要這麼提防我嗎？我當時只不過是想解救身陷險境的搭檔罷了。」

他用理所當然的態度談論著自己異常的行徑。權澤舟保持警覺，繼續注視他的一舉一動。

「你從什麼時候開始跟著我的？」

「什麼時候？當然是從一開始囉。」

從機場就開始跟了？是在等待著接觸的時機，直到自己被綁架才出手相救嗎？那當時為什麼不直接表明身分？

傑尼亞倏地咧嘴一笑，似乎看穿了權澤舟心中的疑惑。

「總部叫我乖乖等到今天再跟你相認。要不是你那天被折磨得那麼狼狽，我也沒出手的必要。」

被威士忌滋潤過的唇瓣笑得充滿挑釁，再次激起權澤舟努力壓下的屈辱感。本以為那完全不像是人類的怪力應該算是不同層級的異類，殊不知這傢伙竟然是自己的搭檔？這無形中刺傷了他的自尊心。

「你給人的第一印象還真是特別，初見面就能見識到你徒手挖人眼球的絕技。」

權澤舟說著咂嘴一聲。既然知道傑尼亞是自己的同伴，就沒必要再對他畏首畏尾的。他們站在同一陣線上，僅僅這一個事實便消除了他此前對傑尼亞的恐懼感。面對他突然的譴責，傑尼亞嘴角一勾，揶揄道：

「突然間充當起和平主義者來了？」

「我只是比較喜歡乾淨俐落的方式。」

「喜歡乾淨俐落，所以用槍掃射？一言不合就直接扔炸彈解決？哎，這也太沒人情味了。」

傑尼亞虛情假意地搖頭，然後用手指點了點自己的太陽穴。

「你想想看，人類不是永遠在追求成為特別的存在？就算是臨死的那一刻，也希望自己能死得風光些。如果他們的死只被草草概括成報紙上某一隅的『死於槍擊』四個字，那多空虛、多無趣啊。至少在我幫他把雙眼戳穿之後，關於他的描述也許就可以多那麼一行字。這對他來說未嘗不是件好事，何樂而不為呢？」

根本是一派胡言，像是企圖為自己暴行辯護的神經病所提出的歪理。權澤舟冷笑了一聲，諷刺道：

「如果哪天我死在你手上，拜託你讓我死得無趣一點。」

「嗯……這恐怕有點難度，不過我會考慮看看的。」

有什麼好考慮的，還故意賣關子。傑尼亞接著又補充道：「別擔心，只要你不對我下手，這種事就不會發生。別看我這樣，我向來只會行使正當防衛。」

「突然間充當起和平主義者來了？」

權澤舟把方才的嘲諷原封不動回敬給他。傑尼亞輕笑一聲，隨手將手中的威士忌抛給權澤舟。小瓶子裡的酒只剩不到一半，權澤舟直接以瓶就口，將威士忌一口乾下。食道瞬間傳來灼燒感，舌頭也有些發麻。

這時，一旁外套裡的手機響了起來。權澤舟放下空瓶，拿出手機確認，總部又傳了一張照片來。等待片刻之後，畫面上出現了一個面相冷酷的俄羅斯男人，令人不禁猜測，這個人或許就是部長提醒過要特別小心的「普希赫．波格丹諾夫」。權澤舟還在兀自猜想，傑尼亞已悄然靠近，劫走他的手機。

「總部叫我要小心這傢伙，你認識他嗎？」

傑尼亞半瞇著眼確認照片，隨後點了點頭。

「當然，這傢伙我熟得很。」

「是個怎麼樣的傢伙？」

「最好別去招惹他。我從沒見過誰惹到他之後有好下場的。」

「摩根的死跟他有關嗎？」

「你是說之前那個美國人摩根？可能就是這瘋子下的手，也可能不是。不需要太過在意，反正你也不是來復仇的吧？對方要幹嘛隨他去，我們只管做好我們自己的事。」

「竟然連你都叫他『瘋子』，真是難以相信他有多瘋狂。」

權澤舟搖了搖頭，傑尼亞只是輕輕一笑。其實就算傑尼亞此刻自稱他就是那大名鼎鼎的瘋子波格丹諾夫，權澤舟大概也不會太過驚訝。而能讓這傢伙毫不客氣地用瘋子來稱呼，權澤舟實在想像不到對方是個怎樣的人物。

總之，既然傑尼亞都說跟他扯上關係不會有好下場，那麼保持距離才是上策。此時此刻沒必要為尚未出現交集的人分心。當前最重要的是專注完成眼前的任務。

「聽說你對這邊的政治結構和資金流動非常了解？」

「當然，如果你需要，不管是哪邊我都可以幫你牽線。」

傑尼亞自信滿滿，看起來並不像在吹牛。既然不得不接受這個搭檔，那不如好好利用他，充分榨取所有可用的資源。感覺來到俄羅斯之後的倒楣運似乎終於開始翻轉了。

權澤舟難得露出輕鬆的表情，向搭檔作出了指示：

「首先，幫我篩選一些熟悉武器地下交易的對象。不管是出資者、實際的開發者，還是買賣的中間商，全部都可以。要想見到『安娜塔西亞』，得先有進宮的資格才行。」

聽到「安娜塔西亞」這個名字，傑尼亞的眉毛微微一動，動作細微得讓人難以察覺到那一瞬間的變化。

但傑尼亞很快便點頭表示知曉，接著拿起外套起身：

「那就等明天準備好再來談吧。」

聽到對方終於要走了，權澤舟簡直不能更開心。他起身緊跟在傑尼亞身後，迫不及待送他出去，恨不得把他身上特有的氣味一起趕走。權澤舟搶先伸出手，親自為傑尼亞開門。

傑尼亞順從地走出去。權澤舟很想對他說「快滾吧」，但還是開口道了一聲「明天見」。他正要關上門，門卻關到一半就卡住。權澤舟詫異地低頭一看，門縫中伸進來一個尖尖的鞋尖。他不悅地抬起頭，看向傑尼亞。傑尼亞微笑著，稍微欠身，直到兩人的目光正好對上。

「之後有時間，再來慢慢研究那張面皮下的真面目吧。」

傑尼亞含著笑意的聲音聽起來格外陰森。權澤舟刻意皺起眉頭瞪著他。傑尼亞又衝他笑了笑，隨後才直起身子，朝走廊的另一端走去。權澤舟目送著他的背影消失在視線中，然後關上了門。

傑尼亞來到電梯前，電梯門很快地開了。他進入時與電梯內的一名男人對視了一眼，轉過身背對著那個人。在快速下降到一樓的電梯裡，他背後的男人突然開口請示：

「該怎麼做呢？」

傑尼亞若無其事地看著逐漸減少的樓層數字，不知道在想些什麼，微微扯開原本平靜的嘴角。只聽他懶洋洋地嘀咕了句：

「炸了，連個藏身的洞窟都別留。」

「……？」

一大早就響起門鈴聲。正忙著貼上人造皮膚的權澤舟抬頭看了眼時間。桌上的鬧鐘指向八點。離預定的客房清潔時間還早得很，今天訪問團也沒有排定行程。會是傑尼亞嗎？沒想到那傢伙表面看起來懶散，其實還滿勤快的。

權澤舟調整好臉上的易容皮膚，走向門口。正準備問是誰，外面的人先開口了。

「客房服務。」

權澤舟一臉困惑地打開了門，懷疑自己是否聽錯。只見一臺專用推車停在走廊上，一名穿著飯店制服的服務人員畢恭畢敬地鞠躬。

權澤舟探出頭朝走廊張望。雖然這個時間是有點早，但周圍顯得很安靜。就在這時，服務人員禮貌地詢問能否進入房間。權澤舟擋在他面前：

「你好像走錯房間了？」

「是九一一號房沒錯，先生。」

「我沒叫客房服務。」

「啊，是別人替您安排的。」

別人？難道是傑尼亞那傢伙？

「是俄羅斯天然氣工業公司的代表吩咐的。」

「啊……」權澤舟自己都覺得荒唐似的笑了出來。就算是一起工作的搭檔，傑尼亞那傢伙也跟殺人魔沒什麼兩樣，怎麼會指望那種人做出什麼貼心的舉止呢？

既然是天然氣公司的代表送來的，大概是想為昨天的事表達歉意吧。不僅沒能出席自己公司舉辦的午宴，就連代表的代理人最後也沒到場。如果拒絕這份客房服務，對方恐怕會再度聯絡致意。權澤舟認為毋須因無謂的失禮行為引起不必要的注意。

他點頭請服務人員進來。對方微微鞠躬，熟練地將推車推進房內。餐點被擺放在窗邊的桌子上，也整齊地排好餐具。服務人員告訴他如果還有需要可以隨時通知，然後離開了。沒想到在任務期間還能享受到這樣的奢華待遇。

餐盤上都還蓋著銀製的蓋子。即便如此，權澤舟從隱隱飄出的食物香氣中，可以聞出餐點大概有俄國的羅宋湯、烤吐司、煎蛋、水果和咖啡。

他慢慢環視著桌上的東西，突然看到一張插在留言夾上的卡片。不用看也知道寫的肯定是一些老套的問候語。他漫不經心地拿起來查看內容，卡片上只寫著一個單字。四個字母鮮明地映入他的眼中：

「Boom.」

見鬼。

他馬上丟開卡片，轉身朝門口奔去。根本沒時間去判斷這是怎麼回事。權澤舟咬緊牙關奮力一跳，就在他指尖觸碰到門把的剎那，空氣瞬間膨脹，巨大的爆炸聲響起。

權澤舟的身體不受控制地被彈飛，撞向一旁的牆壁。腳下的地板當即向下塌陷，爆炸的威力震碎了客房前方的窗戶，內部家具被炸得四分五裂。天花板劇烈震動，刺耳的警報聲瞬間響徹整間飯店。

飯店內的所有人全都停下了動作，轉動著眼珠，觀察著究竟發生了什麼事。

「呀啊啊啊啊！」

「呃啊啊啊啊！」

所有人幾乎同時聯想到「恐怖攻擊」。人群隨即陷入恐慌，爭先恐後地四處逃竄。飯店員工試圖安撫旅客的聲音被此起彼落的尖叫聲徹底蓋過。眾人一窩蜂地往狹窄的出口逃跑，沿途不斷發生了大大小小的碰撞和踐踏。人們為了搶先逃離，毫不猶豫地推倒他人。有人匆忙跑下樓梯時不小心摔倒，後方的人要不是跨過，要不就是直接踩了過去。極度的恐懼使人失去了理智，若真有地獄存在，那無疑就是此時此地。

消防隊趕到後，事態才得以平息。滅火工作告一段落後，全副武裝的防爆小組進入了現場。聞訊趕來的記者們高聲激動地轉播著現場情況。以爆炸的規模來算，受傷的人數頗多。大多數人受的傷並非直接來自爆炸，反而是在疏散過程受了傷。救護車一輛接一輛地將傷者送往醫院。

在這混亂中，有名男子正與急救人員僵持不下。這位現場傷勢看起來最嚴重的男子正是權澤舟。

「你現在是因為處於驚嚇狀態，還感覺不到疼痛，晚點冷靜下來之後你會後悔的。你頭部受傷，應該立刻去醫院做電腦斷層檢查，趕快躺下來。」

急救人員提高了嗓門，不斷用眼神示意權澤舟上擔架。權澤舟再三表示自己沒事也毫無作用。他面色疲憊地嘆了口氣。

「謝了，我的事我自己會處理。有這種時間的話，還是快點去照顧其他病人。」

「像你這種牛脾氣的傢伙，我也很想隨你去，誰管你這麼多，但我們急救人員必須遵守原則。說句難聽的，要是你出了什麼事害我被扣薪水，你能負責嗎？」

「不過就流點血罷了，不是什麼嚴重的傷吧？」

「嚴不嚴重要交由醫護人員來判斷。」

真是讓人抓狂。權澤舟堅持自己沒事可不是隨便亂講，他的額頭只是稍微劃了一道口子，流了點血。這種小傷，只要消毒一下，再貼個OK繃就能搞定，頂多是需要縫幾針來止血，就算延誤處置也不會有什麼太大的問題。可是眼前這名急救人員卻是如此蠻不講理，到底誰才是固執講不聽？

權澤舟一臉鬱悶地撥亂頭髮，同時不自然地摀著左側的下巴。受到爆炸威力影響，權澤舟臉頰邊緣的合成皮膚出現剝落。而眼尖的急救人員也沒放過這一點。

「你這邊也受傷了嗎？讓我看看吧。」

急救人員伸出手，卻被權澤舟用力拍開。沒想到他反應會這麼激烈，急救人員瞪大了雙眼。不過急救人員倒是沒為此發火，只是表情變得更加嚴肅，顯然認為權澤舟是因為爆炸的衝擊導致精神出現異常。他表現出一副「我能理解」的模樣，點點頭，輕輕拍了拍權澤舟的背，隨即用眼神呼叫另一名救護同伴。在旁邊觀察這場爭執已久的急救隊員快步跑了過來。兩人一左一右抓住權澤舟的手臂，想架著他躺到擔架上。權澤舟禁不住爆了粗口。大清早就收到炸彈禮盒已經夠讓他不爽了，現在情況還越演越烈。

要是就這麼被帶去醫院，自己不是「坂本弘」的事一定會被揭穿。醫院裡應該已經有警察在鎮守。萬一在那裡當場暴露偽裝，後果不堪設想，絕對不能讓這種事情發生。

「我真的沒事，你看，我不是好好的嗎？」

說著，權澤舟展示了一番強勁有力的原地踏步。然而急救人員們卻裝作沒看見似的，還笑著說：「好好好，知道了，那你就到醫院去走給醫生看吧。」真是快瘋了，這麼多人看著，又不能把他們全部打趴。

權澤舟無計可施，被帶走的他突然看向圍觀的群眾，似乎在那滿滿的人群中瞥見一張熟悉的臉孔。那人一見到他的視線便急忙躲了起來，動作顯得非常可疑。

權澤舟於是改變了想法，決定暫時聽從急救人員的要求，自己乖乖走向救護車。他再次感覺到有一道視線在盯著他，瞬地回頭一看，剛才那個人又藏進了人群裡。一瞬間瞥見的那張臉讓權澤舟的心臟重重跳動。

是那傢伙——普希赫．波格丹諾夫，這個被稱為國家級頭號瘋子的傢伙，也是眾人反覆警告他千萬要避開的人物。

權澤舟的驚訝只持續了幾秒，腦中隨即浮出深深的疑問。這傢伙為什麼會在這裡？怎麼回事？難道他碰巧在這個時間點正好經過這裡？不，這樣的解釋過於牽強。還不如「犯人總會重返案發現場」這個說法更有說服力。就算這件事真是那傢伙幹的，也沒有什麼好驚訝的。唯一讓人不解的是他的動機。難道自己的真實身分已經被發現了？

權澤舟在腦中推論後，得出了目前還是先離開現場的結論。因為那場爆炸，他失去了包含柯爾特手槍在內的所有隨身物品。如果真要和普希赫對上，現在赤手空拳的他顯然不是對手。不管那傢伙有多瘋狂，光天化日之下應該也不敢輕舉妄動。先去醫院再找個合適的機會溜走，似乎是目前最好的辦法。就這樣，權澤舟在心裡盤算好，準備上救護車。

沒想到這時，普希赫．波格丹諾夫突然朝權澤舟走來。那傢伙靈巧地從人群中擠了出來，居然身穿白色長袍，和急救隊員的制服一模一樣。他戴著遮面的白色口罩，毫不猶豫地走向救護車駕駛座。眼見即將和他坐在同一輛車上——這太危險了。權澤舟的直覺敲響了腦中的警鐘。

權澤舟冷不防推開急救隊員，跳下了車。

「喂！」

被推開的急救隊員大喊一聲。普希赫．波格丹諾夫也在聽到騷動聲後離開駕駛座。權澤舟緊盯著那傢伙，緩緩向後退。對方也是一副凶狠的臉，邁著大步逼近，口罩上方的雙眼炯炯如炬。

權澤舟緊咬著牙，旋即轉身朝著擁擠的人群方向跑去。他不客氣地穿越擋路的群眾，四周傳來不滿的抱怨。這正是他所希望的。在這種情況下，受到眾人注目反而更安全一些。或許是因為在意周圍的視線，普希赫．波格丹諾夫並沒有立刻追上來。他稍稍遲疑了一下，後來朝著另一個方向消失了蹤影。

權澤舟迅速離開飯店周邊區域，來到了一條大馬路。對方應該對這一帶路線相當熟悉，他必須盡可能地跑得越遠越好。

頭也不回地跑了一陣子，權澤舟突然聽到一陣粗重的引擎聲。不經意回頭瞥了眼，一輛吉普車正在快速逼近。前擋風玻璃因為深色的隔熱膜而無法完全看清車內的情況，但有一點權澤舟看得很清楚：副駕駛座上坐著一個穿著白袍的男人，似乎就是普希赫．波格丹諾夫。

權澤舟低咒一聲，立刻改變方向，衝進一條車輛無法進入的狹窄小巷。那輛對著他一路猛追的吉普車在巷口停下，後座的車門打開，從頭到腳一身黑衣的男人跳了下來。在波格丹諾夫的示意下，黑衣男子甩著長長的衣擺，開始追趕權澤舟。吉普車在此時已經沿著大路消失。看來他們計劃前後包抄，將他夾擊困住。

權澤舟拚命奔逃，腦中卻不停思索。普希赫・波格丹諾夫究竟為什麼要追殺自己？如果身分沒有暴露，那麼坂本弘應該才是他們的目標。難道波格丹諾夫對日俄之間簽訂的協議有所不滿？

權澤舟絞盡腦汁試圖釐清這一切，還是感到相當困惑。如果想利用綁架簽約當事人來造成影響，那麼與其綁架坂本弘，還不如抓代表團中其他更具影響力的人物。坂本弘雖然在入境的第一天是唯一值得綁架的目標，但現在情況已經不一樣了。

若是如此，他們的目標並不是坂本弘，而是權澤舟？究竟為何？疑問在腦中不斷滋長，卻始終得不到解答。

權澤舟抬頭環顧四周，看到前方建築外側有一道螺旋梯。順著樓梯爬到屋頂，或者利用欄杆攀爬到旁邊的大樓，或許能有機會脫離這種無路可逃的局面。他在腦中勾勒出逃跑路線，最終下定決心。

然而，追擊者並沒有那麼容易對付。伴隨著「砰」的槍響，從後方飛來的子彈越過權澤舟，劃過建築的外牆。就像是看穿了權澤舟的計畫，槍聲接連不斷地朝樓梯周圍射來。他試圖踩著旁邊樓房的通風管道往上爬，但是那裡也不出所料地遭到槍彈攻擊。

「……該死！」

他咬牙咒罵，繼續奔跑。那男人始終不屈不撓地緊追。即使拚命跑到肺部疼痛，也看不到任何逃脫的出路。這究竟是怎麼樣的一個國家？大白天的，大馬路旁不斷響起槍聲，竟然還能如此平靜。權澤舟不禁在心中埋怨俄國警方的懶散，再次改變逃跑方向。眼前這條狹窄的小路僅容一人通行，將會直接通往河邊的大道。當初雖然未預料到會發生這場追逐，但提前了解路線果然是正確的作法。

一條筆直的大馬路赫然出現在晃動的視野中，不少車輛正在路上行駛。再往前一點，只剩下一點點就要到了。權澤舟大步拔腿狂奔，全力加速。這次來到俄羅斯真是跑得有夠痛快。

他剛擺脫狹窄的巷子、踏上大馬路，一輛車猛然急剎，擋住了他的去路。這是之前普希赫·波格丹諾夫乘坐的吉普車。而那傢伙的手下仍從後方迅速逼近中。

權澤舟用力把剛要打開的駕駛座車門按回去，正要下車的司機被猛地推回車裡。他利用這短短瞬間，靈活地滑過引擎蓋，輕巧地跳了過去。就在這時，副駕駛座的門陡然打開撞他，使他一時失去平衡，踉蹌了一下。他雖然在即將摔倒的剎那翻滾到隔壁車道，但局勢卻變得更加糟糕。

一輛摩托車正沿著那條車道飛速駛來。看到突然出現在路中央的權澤舟，摩托車騎士連忙剎車，但兩者之間的距離短到他來不及完全停下。權澤舟也無餘力起身，只能反射性地將身體猛縮成一團。摩托車的前輪在試圖急刹時與地面摩擦，擦出了長長的火光。持續追捕權澤舟的普希赫一夥似乎也預見到了最不幸的結局，下意識緊閉雙眼。

尖銳摩擦音撕裂了空氣，隨後是一陣「砰」的撞擊聲響。頃刻間，周圍的一切彷如被靜了音。然而，權澤舟預料中的衝擊並沒有到來。

「……？」

他緩緩睜開眼，在最後一刻停下來的摩托車後輪還在空轉著，幾乎貼著他的鼻尖。摩托車的前端因撞上吉普車，使得後端高高翹起。在那真空般的片刻，時間變得特別悠久。

他迅速往旁邊閃，動作完全出自求生本能。隨即，剛才翹起翻旋的摩托車尾部重重落下，發出「砰」的一聲。只要稍微晚一步，他的腦袋就會被後輪碾碎。

經過這番死裡逃生，權澤舟感到全身脫力，眼皮眨個不停。全身被汗水浸透，痠麻的感覺遍布全身。他從早上開始就已幾度面臨生死攸關的局面。

有人抓住了癱軟的權澤舟，把他拉了起來。是普希赫．波格丹諾夫的手下。普希赫．波格丹諾夫也攫住了他的另一側手臂，同時環顧四周，似乎在警惕地察看情況，低聲勸戒：

「別再鬧事了，乖乖上車。」

一拳無預警地打在權澤舟的腹部，感覺胃臟翻攪，頓時被掏空了力量。他被強行塞進後座，普希赫·波格丹諾夫坐在他的旁邊。吉普車關上了所有車門，車子像什麼事都沒發生一樣，繼續在路上行駛。警察還是沒出現，甚至連警笛聲也沒聽到。

真是個綁架天堂啊。即使在神志不清的情況下，權澤舟也不禁苦笑。接下來會發生什麼事呢？他會像摩根一樣，十根手指全被砍掉，然後被丟進水裡泡成一具腫脹的死屍嗎？這是他從未想過的結局。

在這生死存亡的關鍵時刻，那個可惡的傑尼亞究竟躲到哪裡去了？就在他驀地想起那傢伙的存在時，遠處傳來了螺旋槳的聲音。

「是那傢伙！」

副駕駛座上的男子喊道。權澤舟僅能轉動眼珠子，瞟了一眼窗外。一架直升機正從吉普車對面的上空飛來。可以看到有人伸出長腿，坐在直升機門口。雖然人影模糊不清，但絕對不會錯，他就是傑尼亞。

副駕駛座上的男子立刻打開車窗，拿槍射擊。普希赫·波格丹諾夫將手伸進後座的座椅下，急著掏出的物件擊中了權澤舟的腳後跟——那是一支巴祖卡火箭筒。

「把窗戶打開。」

隨著他一聲命令，後座的車窗降了下來。普希赫·波格丹諾夫上半身完全探出窗外，精確地瞄準直升機。如果被火箭筒命中，直升機百分之百會在空中被炸毀解體。

權澤舟倏然撲向波格丹諾夫，卻沒能阻止武器的發射。副駕駛座上的男子用槍口狠狠地抵住了他的太陽穴，迫使他不得不舉起雙手退開。下一秒，伴隨低沉的轟鳴，火箭筒發射而出。車身因衝擊力左右搖晃著。

直升機急速拉升，勉強避開飛來的火箭彈。火箭險險擦過直升機尾巴，劃破天際，最終撞上了一棟無辜的建築。建築的一側牆面像是被巨錘砸中般，轟然倒塌。直升機此時也毫不留情地展開了猛烈的反擊，傑尼亞手上抓著迷你砲機槍瘋狂地一陣掃射。

權澤舟深深伏低上半身，普希赫·波格丹諾夫也是如此。而駕駛吉普車的司機無可抵擋地被子彈射穿，當場身亡。車身也變得像蜂窩一樣，千瘡百孔。

駕駛的身體傾斜，方向盤隨之偏移，車身亦急速向側邊傾斜。因中彈呻吟著的副駕駛座男子趕緊出手抓住方向盤，但車輛還是撞上了護欄，隨即墜入河中。

「……！」

甚至來不及叫出聲，權澤舟視野瞬間顛倒過來。四面八方傳來了咕嚕嚕的氣體滾動聲，冰冷的河水從鼻孔和耳朵同時灌入。因槍戰而破損的玻璃窗瞬間被水沖破，水流洶湧入車內。他一度感到窒息，但還是努力鎮定下來，等待周圍的情況稍微平靜。很快，他的呼吸恢復了平穩。

普希赫・波格丹諾夫同樣也保持著意識。他稍微觀察了一下，瞅準時機，從打開的窗戶悠悠地游了出去。由於那是唯一的出口，權澤舟也跟著從那裡往外游。

就在這時，水面再次傳來了槍聲。權澤舟於是退回水中，整個人躲藏在車內。他的耳膜浸在水中，所以無法靠聽力完全確定，但直升機似乎已經降到水面上方，螺旋槳的槳風攪動著水面，激起了狂烈的水波。權澤舟的閉氣狀況也開始變得不再安定。

不僅如此，子彈也如雨點般襲來。早已斷氣的司機和副駕駛的屍體不停被貫穿，無力地飄曳著。血像滴入水中的墨水一樣擴散開來，模糊了視野。實在是幫不上忙的傢伙，權澤舟在心中抱怨，他是不知道自己還在車子裡嗎？傑尼亞似乎完全不打算留任何活口，瘋狂地用迷你砲掃射著。

這瘋子，下手毫無分寸。

權澤舟邊躲子彈邊罵。等到槍聲停止時，他已經快要憋不住了。缺乏新鮮空氣使他感受到撕心裂肺的疼痛。不立刻浮出水面，他沒被子彈打死也會先窒息而亡。恰好，猛烈的槍擊暫時停止。但水面上晃動的影子只是在觀察情況，攻擊似乎尚未結束。

權澤舟用力踢動雙腿游向窗外。距離水面只差三、四公尺，他必須在傑尼亞再次開槍之前浮出水面才行。權澤舟緊咬牙關，用力划開水流。殊不知，就在他幾次奮力向上衝時，身體忽然被猛地往下拽。他驚訝地低頭一看，普希赫・波格丹諾夫正緊抓住他的腳踝。他牢牢注視著權澤舟，臉上滿是痛苦的扭曲表情。似乎是沒能躲過子彈，鮮紅的血不斷從他左臂溢流而出。

權澤舟二話不說地一腳踹向對方的臉，接連的踢擊終於迫使他鬆開手。然而，這還沒結束。普希赫立刻又撲上來抓住了權澤舟的衣領，堅決不放手。彷彿不甘心獨自赴死，拚命的動作透著一股近乎絕望的狠勁。

權澤舟對著普希赫揮出一拳，趁他為閃避而猶豫的片刻，手臂迅速纏住他脖子，使勁勒住。普希赫開始激烈掙扎。也許是因為失血過多，他的力氣明顯減弱，再加上呼吸急促，情況變得更加不利。但權澤舟自己也沒有多大餘裕，使出全力勒緊對方的脖子。普希赫試圖用手狠抓權澤舟手臂，並扭動全身反抗，直到他自己開始抽搐，四肢乏力。即使如此，權澤舟還是過了幾秒才鬆開手。

那巨大的身軀停止了所有動作，緩緩沉了下去。權澤舟看著他蒼白的面龐逐漸沉沒，隨後奮力游向水面。

一衝出水面，他全身鼓脹，長時間憋住的氣終於爆發出來。他的肺部瘋狂吸入新鮮的氧氣，胸腔和氣管都因充滿空氣而緊繃不已，兩眼也隨之睜大。

過了半晌，權澤舟才真正感受到徹骨的寒冷。張開的嘴因吐氣時的動作開始打顫，發出「喀喀喀」的聲音。他知道自己必須盡快上岸，但剛剛那場惡鬥讓他四肢使不上力。

他唯一能做的就是放鬆全身，任由自己在水面上漂浮。這時候，有人突然抓住他後頸，把他從水裡拽了出來。

「咳咳、咳咳……」

權澤舟嘔出了積在肺裡的水，連續的劇烈咳嗽讓喉嚨刺痛，頭昏腦脹了起來。被波格丹諾夫打中的腹部也在隱隱作痛。他摀住肚子，勉強把前傾的身體撐起來坐正，眼皮不住地發顫。模糊的視野裡這才出現了兩條筆直的長腿。權澤舟的目光順著那尖尖的鞋頭一路往上移，看到了傑尼亞正咧嘴而笑的臉。

「你的命還真大。」

「託你的福，我差點就一命嗚呼了。」

權澤舟又咳了幾聲，回話的口氣帶著幾分嘲諷。

「那傢伙呢？」

「像水鬼一樣死纏著不放，已經送他上路了。」

「很有一手嘛。」傑尼亞笑得更開心了。權澤舟皺著眉瞪了他一眼，然後站了起來，全身的水不停地滴落。溼透的皮膚很快就因低溫而發凍，肺部則是進了水無法正常運作。儘管他不停吸氣，依然恢復不了順暢的呼吸。權澤舟意識到自己必須盡快讓身體暖和起來才可以。

正想找個地方去，傑尼亞忽然擋在他面前。

「看起來還真是詭異。」

「什麼？」

權澤舟回頭看去，傑尼亞比了下臉頰。他跟著摸了摸自己的臉，才發現因為爆炸和一連環的事故，外層的假皮膚已經變得破破爛爛，掛在臉上搖晃。他低聲嘆了口氣，手指撫摸著破損的面皮。傑尼亞的目光跟隨著他的手而移動，嘴上雖嫌詭異，但他眼神卻像是在好奇撕掉那層皮膚會是什麼感覺。

權澤舟對傑尼亞眼中湧現的興趣視若無睹，拖著沉重的腳步繼續向前走。傑尼亞慢悠悠地跟了上來，還慫恿他：「你乾脆把那張臉摘掉算了。」對於這種輕微的挑釁，權澤舟連個冷笑都懶得給。

他不理會傑尼亞，走上大馬路，河風迎面吹在身上，讓他牙齒又開始顫得咯咯作響。權澤舟瞄了傑尼亞一眼，看他披著厚重的大衣，心裡無比羨慕。凍到哆嗦發抖的他試探地覷著傑尼亞的神情，但對方眉宇泰然，不明所以地看著他，完全沒有打算要把大衣讓給眼前就快要凍死的搭檔。

權澤舟打消念頭，對著朝自己駛來的計程車揮手。誰知慢慢減速來到權澤舟面前的計程車，突然又加速從他身旁呼嘯而過。是因為擔心座位會被弄髒嗎？還是被乘客慘不忍睹的模樣嚇到了？

就這樣，權澤舟接連錯過了三四輛計程車。每當他攔車失敗時，傑尼亞總會在一旁發出大笑。這傢伙不僅不上前幫忙，還淨幹些惹人不爽的事。權澤舟感覺自己的手指和腳趾漸漸在失去知覺。

「我看是因為那個的關係吧？」

旁觀許久的傑尼亞取笑似的出主意。權澤舟煩躁地瞪了他一眼。傑尼亞用手指再次輕輕點著自己的臉頰，勸道：「何必這麼固執呢？」倒也不是權澤舟非要堅持什麼，是天氣太冷了，他根本沒多餘的精力去想那麼多。

傑尼亞將注意力放在這張臉上，讓權澤舟也開始不由得在意起來，下意識地撫摸著被風吹得晃來晃去的那層假皮。感覺有樣東西突然靠近他的臉，權澤舟本能地閃身揮開它——傑尼亞伸出的手於是停在了半空中。兩人這時目光交會。傑尼亞不再露出先前那種促狹的壞心表情。他雙眼微瞇，眼中閃爍著強烈的興趣。

「幹嘛躲成這樣？」

「那你幹嘛這麼愛干涉我？」

權澤舟不滿地回嘴，傑尼亞卻不顧他的抗議，再次朝他伸手。「別鬧了」，權澤舟抓住他手腕制止，臉也向後仰躲。未料，傑尼亞的另一隻手猛然上前扣住了他的下巴。

「……！」

權澤舟無暇反應，臉上鬆垮的假皮被對方大力撕下。黏貼處的皮膚被強烈拉扯，痛得他皺眉罵了句髒話。但當他睜開暫時閉上的眼，站在面前的傑尼亞卻露出宛如撞見某種新奇事物的表情。那雙藍翡色的瞳眸緩慢地轉動，細細端詳著權澤舟的臉。傑尼亞專注凝視了一會，又上下打量了他的全身，最後再次將目光鎖定在他的臉上。

傑尼亞的嘴角綻開一抹意味不明的微笑，讓權澤舟感到更加疑惑。傑尼亞應該早就看過他本人照片中的長相。當然，真人與照片難免有些落差，也許傑尼亞比較習慣坂本弘的外表，對權澤舟的真實面貌多少會感到陌生。但就算是這樣，他也沒必要這麼目不轉睛地盯著瞧吧？

對方明明是盯著他的臉孔觀察，權澤舟卻感覺自己彷彿全身一絲不掛，毫無遮掩地暴露在這個男人面前，甚至連內心深處的思緒與隱藏的情感都被他揭穿。這讓權澤舟莫名畏縮，進而感到不快。

只見傑尼亞的唇瓣突然翕動了一下，權澤舟聽不太清楚他講了什麼，好似隱約說了句「這樣比較……」之類的話。

又一陣冷風颼過，權澤舟縮了下肩膀，抓住傑尼亞的手不自覺握得更緊。在察覺到自己的舉動後，他又立刻甩開對方的手。

權澤舟轉身回到路邊，試圖在路上攔便車搭。可是全身溼透的他看起來十分可疑，沒有任何一個好心人願意停下來幫助這個詭異的外國人。無數輛車冷漠地從他身邊疾馳而過。

就在他麻木到幾乎快要感覺不到溫度之時，有個東西碰了下他的肩膀。他稍微轉過頭，眼前是一張表面光滑發亮的信用卡。傑尼亞用拇指和食指夾著那張信用卡，用卡片的邊角點著權澤舟的肩頭。

「這是怎樣？」

「接下來可能會有更多的監視和追蹤者出現，去找個洞窟乖乖藏起來躲好吧。」

「洞窟？」

權澤舟好像聽到了什麼奇特的用語。他想著，難道「洞窟」在俄文裡有他不明白的其他含意嗎？譬如像是「狼窩」或是「虎穴」這類的……

此時，陌生的鈴聲響起，是傑尼亞的手機。他看了一眼來電顯示，接起電話的第一聲「怎麼了」聽起來和平時有些不同。雖然他平常講話也不是多溫柔和藹，但這次口氣特別冷淡，幾乎不帶情感，聲音低沉得像是變了一個人。

「知道了，馬上過去。」

傑尼亞單方面聽著對方說完，迅速掛斷了電話。權澤舟看著他，心想作為一起工作的搭檔，傑尼亞理應告知剛剛的電話是誰打來的、說了些什麼。然而，傑尼亞一個字也沒說，站在路邊舉起手臂。

很快，一輛計程車停在他面前。權澤舟還來不及問他上哪去，傑尼亞就已經坐進後座，關上車門。計程車轉眼便駛離了現場。

「……」

權澤舟茫然地站在原地，渾身溼透的衣服緊貼在身上，凍得硬邦邦的，比不穿還要糟。握著傑尼亞那張信用卡的手已經凍到發紅，抖個不停。他不知道該去哪裡才安全，也不知道自己現在究竟身處何方。計程車照樣飛速地從他身邊掠過，沒有人願意停下來載他。

莫斯科的冬風吹來，他連縮緊身體抵禦寒冷的力氣都沒了。看著一輛輛呼嘯而過的車子，權澤舟迷茫無措，肚子突然發出了咕嚕聲。他這才想起自己連一頓早餐都沒吃到，不禁開始懷疑人生。遠在異國他鄉，落魄至此，權澤舟頓時感到悲從中來。

權澤舟在河邊附近找到了住處。這家簡陋的青年旅館與他之前受俄羅斯政府邀請時住的豪華飯店有如天壤之別。雖然這裡也有各種房型可供選擇，但因為他急需洗個熱水澡，所以選了最貴的房型。然而，權澤舟進入房間後，根本無法理解為什麼這間價格會比較高昂。難道價格只差在有沒有窗戶嗎？狹小的客房裡，只有一張勉強容納得下一個人的破舊小床，和一張桌腳已經壞掉的折疊桌。形容得稍微誇張點，房裡是有一臺差不多巴掌大的電視，但權澤舟很懷疑它是否能開啟。至於無線網路，更是想都別想了。

其實只要浴室的出水量足夠，其他那些問題都無關緊要。權澤舟好不容易脫下黏在身上的衣服，站在蓮蓬頭下，將水溫控制閥轉到了熱水那頭，試圖讓身體暖和起來。但直到他洗完一個提神醒腦的冷水澡，期盼已久的熱水才開始涓涓流出。旅館連個浴袍都沒有，他只好把浴巾圍在腰上，走出浴室。房裡有東西因他突如其然的動靜而慌張四散，原來是蟑螂。

房內至少有三四隻在爬。這些打不死的傢伙，就算是在攝氏零下四、五十度的西伯利亞，恐怕也依然能夠交配繁殖吧。

權澤舟搖了搖頭，毫不客氣地往床上一躺。不知多久沒打掃過的床墊揚起一陣灰塵，刺激到他的鼻腔和喉嚨，害他忍不住連咳好幾下。但權澤舟還是躺在床上沒有起身，因為他實在是累到連手指都動不了了。

儘管每當他稍微翻身，床就嘎吱嘎吱地響，感覺隨時有塌下去的可能，但他還是決定先睡一覺再說。身體沉重到不行，腦袋也昏昏沉沉。稍微闔眼休息一下，思緒應該會變得比較清明。視線已經開始朦朧。

他慢慢閉上眼皮，在心裡默默算著日子，差不多該接到母親的電話了。但手機那些東西全都沒了，該怎麼辦才好？他在半睡半醒之間，開始想像如果自己與母親的聯繫完全中斷會怎樣。一天還沒什麼大礙，但若失聯好幾天的話，母親很可能會親自出門找他。要是發現權澤舟並不是一般的行政公務人員，她一定會就此臥病不起，很可能會哭訴說，她寧願自己先走，也不願再目睹權澤舟步上丈夫和大兒子的後塵。

不行，不能讓這種事發生。權澤舟立刻翻身坐起，拿桌上的話筒打給櫃檯。但不知怎麼回事，電話居然打不出去。他掛掉後重新撥了一次，情況依舊。想到某種可能，他將電話線扯出來一看，果然不出所料，電線已被老鼠啃咬得稀巴爛，斷在了那裡。

一股火氣竄上來，他隨手將電話摔出去洩憤。今天還真是諸事不順。

該怎麼辦？權澤舟抓亂一頭溼髮，最後只想到一個辦法。他實在無法穿上那些還沒完全乾透的衣服，只好在腰上圍了一條毛巾，勉強遮住下身，拖著腳步走下一樓。

所幸路上並沒有遇到其他客人。旅館老闆正坐在櫃檯打瞌睡。他敲了敲桌面，老闆猛然驚醒過來。

「哎呀，嚇我一跳。什麼事啊？」

「我想打國際電話。」

「國際電話費用可不便宜，你確定嗎？」

「沒關係，可以刷卡吧？」

老闆隨便點了點頭，然後從櫃檯裡拿出可撥打國際電話的電話機。久未使用的電話機上黏著一層厚厚的灰塵。

大致了解使用方法後，權澤舟拿起話筒。先輸入付款相關資料，然後依序撥打國碼和家裡的電話號碼。

電話順利撥出，母親很快就接起了電話。第一句「喂」的聲音聽起來就不太對勁，又是滿心的擔憂。

「媽，是我。妳有打給我嗎？」

權澤舟猜測著問道，結果隨即遭到了一連串反問。「為什麼一直沒有回覆」、「是不是出了什麼事」、「是不是生病了」母親焦慮的程度彷彿他是失聯了好幾天一樣。但這種情況他早已見怪不怪，只是簡單地「嗯、嗯」回應著，試圖讓她放心。

在他向母親保證會每天主動打電話報備之後，總算結束了通話。權澤舟感到筋疲力盡，按壓著酸澀的眼眶試著減緩疲勞。稍微放下心來後，肚子便餓得咕嚕咕嚕叫。看來必須先填飽肚子，不然今晚根本沒辦法好好休息。

他瞄了一眼旅館老闆。對方打了個大大的哈欠，露出不耐煩的表情。

「請問這附近有沒有什麼餐廳？」

聽他這麼問，老闆雖然滿臉的不情願，但還是站起來，簡單地比劃出某家餐館的位置。

說明完地點，老闆剛要重新坐下，權澤舟圍在腰際的毛巾倏地鬆開來，一秒掉到地上，他根本沒能來得及阻止。權澤舟只得向直勾勾看著他重點部位的老闆拜託另一件事：

「我可能還需要一套衣服。」

權澤舟坐在一家空蕩蕩的餐館裡，環顧著周遭，不禁在心中質疑旅館老闆：有那麼多選擇，為何偏要介紹他來吃這家沒半個客人的餐廳？也許這是當地人才知道的隱藏版美食吧？他這麼安慰自己。但在見到餐廳老闆娘後，他馬上改變了想法。如果旅館老闆的父名是「伊凡諾維奇」的話，那這家餐廳老闆娘應該就是「伊凡諾娃」了吧。除了髮型稍微不同之外，他們兩人的相似度也太高了。

這裡顯然沒有菜單，也不用跟老闆娘點餐。把權澤舟晾在一邊許久，老闆娘突然端出俄羅斯的代表食物——用高麗菜熬煮的羅宋湯和俄式水餃。他訝異地看向老闆娘，她指著牆，上面歪七扭八地寫著咖啡、伏特加、克瓦斯[1]。權澤舟選了當地的傳統發酵飲料克瓦斯，然後開始嘗試桌上的食物。

一口咬下去，羊肉的羶味立刻衝了上來。但餓過頭的權澤舟已經飢不擇食，皺著眉硬是把食物往嘴裡塞，吞不下去時就配一口克瓦斯。

他一邊進食，一邊開始梳理混亂的思緒。看來他一定是來到俄羅斯之後就開始走衰運，不然怎麼會遇上這一系列天大的災難：起初是被分派了一個不適合他的任務；到達俄羅斯的第一天就被綁架；第三天又因炸彈襲擊，丟失了所有隨身物品；剛才還差點死在水裡，僥倖地活了下來。更糟糕的是，他的搭檔沒提供任何幫助不說，沒被那傢伙害死已經是萬幸了。權澤舟一直認為自己的運氣還不錯，但現在看來，似乎是他這一生的霉運在近期一次爆發了。

雖然內心的負面情緒翻江倒海，權澤舟表面上還是努力維持平常心。過去的事情再怎麼懊悔也於事無補，還不如把精力放在未來的計畫上。首先，他需要向總部報告自己還活著，以及事故的詳情，並請求額外支援。再來，他得馬上想辦法離開這裡。突然成為普希赫．波格丹諾夫的目標，代表想要對付他的可能不只一人，還有其他人在暗中行

1　克瓦斯（квас）：俄國傳統低酒精發酵飲料，主要以黑麥麵包為主要原料發酵而成，有時會加入水果、蜂蜜、檸檬等調味。口感帶有微酸、微甜和穀物香氣。

動。至於詳細情況可以等到安全無虞後再進行研究，並不急於一時。

可是，他該如何與總部聯繫？通訊設備已經不見了，而他本人目前在這裡出任務是絕對機密，甚至韓國的出入境管理局和大使館都沒有他在俄羅斯的紀錄。現在他完全是以坂本弘的身分滯留在俄羅斯境內，但也不代表他能真的去找日本大使館求助。

該怎麼辦？想來想去，唯一的辦法就是跟傑尼亞聯絡。問題是他連傑尼亞的聯絡方式都不知道。那個人向來神出鬼沒，從來不說什麼時候會出現、要在哪裡見面，做事全憑心情，真不知道該如何跟他聯繫。說起來，傑尼亞也是個計畫不夠周全的傢伙，怎麼會只給了張信用卡就拍拍屁股走人？都不用管自己會去哪裡嗎？

「真是的。」

權澤舟搖搖頭，放下叉子。肚子差不多飽了，他無意再強迫自己吃掉那些難以下嚥的食物。拿起帳單，他準備走向櫃檯。這時，背後門上的鈴鐺清脆地響起，兩名警察走了進來。

他們看起來和餐廳老闆娘相當熟絡，互相親切地打了招呼，自行找了個位子坐下。老闆娘熟練地端出酒杯和伏特加，接著就在桌邊和他們有說有笑。寒暄了好一會，老闆娘才走到櫃檯。

「三千盧布。」

老闆娘姍姍來遲，一開口就報出讓人無法接受的金額。這餐就算收一千盧布也貴得離譜，但對方臉上那副厚顏無恥的模樣，不僅沒有絲毫慚愧，還表現得一副理所當然。權澤舟對於餐點的品質和價格都很不滿意，但他實在沒有多餘精力與對方爭論，反正花的也不是自己的錢。

他默默遞出信用卡，沒多說什麼。老闆娘明顯面露不悅，在他表明自己身上沒有現金後，才很勉強收下信用卡。等了一段時間，好像是刷卡機出了問題。老闆娘連刷了幾次，然後看了權澤舟一眼，轉身走向警察們的桌子，途中時不時瞅著權澤舟這邊，並與警察們低聲交談著。

很快地，警察們與權澤舟視線交會。他感覺到那些眼神並不太友善。難道是在談論自己嗎？

不一會，其中一名警察站起來，走向權澤舟。權澤舟滿臉疑惑地看著他走近。

「找我有什麼事嗎？」

「請跟我們談談吧，先生。」

說著，另一名警察也靠過來，突然一把抓住權澤舟的手臂。這又是怎麼回事？這莫名其妙的狀況讓他傻眼。

看來一定是有什麼誤會。通常一般的誤會，只要平心靜氣地好好解釋就能夠化解。

但眼前的問題是，權澤舟此刻並未易容成坂本弘的外貌。在這種情況下，他無法繼續偽裝成那個人，也無法暴露自己真正的身分。總之他絕對不能被帶到警察局去問話。

權澤舟考慮是否該甩掉他們直接落跑。以他自身的實力，應付兩名警察並非難事。但他擔心，一旦逃跑，就被視為默認了自己都不清楚的罪行，還可能無端把俄羅斯警察也變成敵人，進一步增加追蹤者的數量，這對目前的情況沒有半點好處。

他決定先冷靜下來，弄清楚對方的目的。

「至少該讓我知道理由吧？」

「先生，你剛才使用的信用卡已被通報失竊。」

什麼？怎麼可能，剛才在旅館時明明還能正常使用。權澤舟表示不可置信，老闆娘將刷卡機遞給他看，上面的確顯示出警告訊息。

「好了，別拖延時間了，跟我們走吧。」

警察催促著仍愣在原地的權澤舟。該怎麼辦，如果就這樣被帶走，後果會很麻煩。現在還沒聯絡上總部，根本別指望得到任何支援。難道真的只能制服這些人然後逃跑嗎？他還在煩惱著，警察已準備為他戴上手銬。權澤舟猛然抬起手臂。

「……嗚！」

手背狠狠擊中警察的臉，緊接著再用手肘直擊胸口。身形壯碩的警察摀著鼻子和胸口，毫無反抗能力地倒在地上，鮮血從他粗壯的手指間湧出。另一名警察見狀，怒目圓睜地撲向權澤舟。

「你這傢伙！」

權澤舟甩開對方抓住他的手臂，正準備一腳往警察腹部踹下去，門口就傳來了開門的鈴鐺聲。聽到這平和無比的聲響，權澤舟抬起的長腿停在半空中，警察也同時停下動作。

進來的人是傑尼亞，熟悉的面孔讓權澤舟鬆了口氣。既然信用卡的主人來了，應該可以證明他的清白。

他放下攻擊姿勢，站直身體，沒想到對峙中的警察隨即將他撲倒在地。他的手腕被強行扭到背後，迅速扣上手銬。權澤舟就這樣無助地趴在地上瞪著傑尼亞，不斷擻頭示意他快點解決這場糟糕的局面。

然而，傑尼亞卻是悠閒地打量著餐廳內部，可能也還在判斷情況。但現在是這麼悠哉的時候嗎？警察把權澤舟粗暴地拉起來，兩手都戴上手銬，然後大大喘了口氣，詢問搖搖晃晃起身的同事是否沒事。鼻血直流的警察喘著粗氣走向權澤舟，恨恨地推著他的背叫他走。

權澤舟站在原地死不肯動，兩眼緊盯著旁觀的傑尼亞，催促他趕緊行動。

「還不快走！」

那名高大的警察激動地吼道。見權澤舟依然不動如山，警察準備用力賞他一拳。就在那粗暴的拳頭即將打中權澤舟臉龐時，一個敏捷的身影突然橫擋在他面前。

「……呃！」

視線被遮擋，權澤舟不知道發生了什麼事。等他反應過來時，傑尼亞已經像一道牆般站在他前方，單手掐住對面那名警察的脖子。傑尼亞的力道顯然不輕，因為警察的臉瞬間發紫，雙眼爆凸，彷彿隨時會從眼眶中掉出來。傑尼亞輕輕一推，鬆開了手，無法呼吸的警察像沒了骨頭般倒下。血液迅速回流，使得他的臉和脖子瞬間變得通紅。

「先跟我聊一下吧。」

傑尼亞居高臨下，語氣溫和地提出要求。警戒著他的兩名警察一頭霧水地對視，在幾次視線交換後，其中一名警察終於點了點頭，示意傑尼亞跟著他走。傑尼亞轉頭看了權澤舟一眼，遂沉默地跟隨對方走了出去。

在此期間，權澤舟被安置在窗邊的座位上。他透過窗戶向外望，看到與警察對話的傑尼亞。那傢伙時不時露出商業微笑，順暢無礙地進行著交談。權澤舟試圖從他的嘴部動作來推測對話內容，但不太成功，因為另一名警察總是在他眼前晃來晃去，寬大的臀部一再地擋住了他的視線，使他難以集中。

不久後，傑尼亞和警察返回餐廳。權澤舟投去詢問的目光，而傑尼亞只是笑著聳了聳肩，絲毫沒有打算說明。一起出去的那名警察也沒有向他的同伴解釋什麼，只是簡單朝權澤舟撇頭，下達了一個意外的指令：

「把他放了。」

不管他們的交談到底順不順利，警察打量傑尼亞的眼神似乎不太情願。但束縛住權澤舟雙手的手銬馬上被解開。

兩名警察簡單地道別後便離開了餐廳。全程在一旁觀看的餐廳老闆娘不解地歪頭。權澤舟同樣充滿狐疑。

「你到底做了什麼？」

「沒什麼，就給他們塞了幾塊錢喝酒。」

聽傑尼亞隨便搪塞過去，權澤舟覺得很可疑，雙臂抱胸，細細打量著他。對方則是懶洋洋地笑著，毫不避諱地迎上他的目光。傑尼亞臉上總是帶著漫不經心的笑，卻散發著一股奇異的壓迫感。權澤舟懷疑這種悠閒只是表象，這男人的本質絕對不是這麼簡單。他看似慢條斯理，卻絕不是個散漫的人。雖然行事灑脫不羈，但每一步都經過計算。權澤舟本來還想不透他怎麼找到自己的，但看來這傢伙早就做好了全盤規畫。先是透過刷卡來定位追蹤，萬一沒找到人的話，便像現在這樣報失信用卡。他根本不在乎這會給對方帶來多大的困擾，代表了他的性格不是一般的差，就像當時他毫不猶豫地向載著同夥的車開槍，完全不顧後果。

面對權澤舟充滿質疑的眼神，傑尼亞依然不受影響，反而還厚臉皮地表現出一副「愛看就看個夠」的樣子。權澤舟受不了他這種態度，不客氣地挖苦道：

「你是在忙什麼大事業？要見你一面還真不容易。」

「怎麼，想要我一直待在身邊，天天看個夠？」

不，我只想把你的嘴巴和兩邊耳朵全部縫在一起。

權澤舟憤憤咬牙，故意擠出一個假笑。始終落在傑尼亞身上的目光突然瞥見了傑尼亞身後的動靜。權澤舟迅速伸手扣住傑尼亞的下巴，阻止他跟著回頭，並重新對上他視線，嘴脣微動問道：

「從剛才開始就有個人一直在偷瞄我們這邊，是不是有人在跟蹤你？」

「……啊？」傑尼亞一愣。

「你太大意了。」

「那怎麼辦？」

「甩掉他。」

「那你留在這，我去處理。」

「需要幫忙的話現在就說。」

「謝謝你的好意，我心領了。」

傑尼亞臉上帶著笑，說完便起身離開。當他走出餐廳，躲在巷子角落的那個人嚇了一跳。傑尼亞的的大衣衣角隨風擺動，邁著大步朝對方走去。跟蹤者驚慌失措，撒腿就跑，傑尼亞緩緩尾隨在後，兩人很快消失在權澤舟的視線裡。

不過兩三分鐘後，傑尼亞便回來了。權澤舟見到他後皺起眉頭，因為他身上那件累贅的長大衣不見了。

「外套呢？」

「丟了。」

權澤舟沒有追問，他大概猜到了原因。不過傑尼亞還是主動解釋：

「因為沾到了髒東西。」

權澤舟的目光不由自主瞥向傑尼亞的手指。那手指曾經挖過人的眼珠，今天會是什麼？傑尼亞整件外套都丟了，難道是從喉嚨？雖然這很不合理，但也有可能是直接捏碎了口鼻使對方窒息。想到這裡，權澤舟的胃裡一陣翻攪。他突然覺得，傑尼亞怎麼看都比那個死在河裡的人更像普希赫．波格丹諾夫。

權澤舟正盯著傑尼亞的手發愣，傑尼亞冷不防彈動手指，嚇得他一抖。頭頂上方傳來一聲輕笑，權澤舟不情願地抬起頭，便看到傑尼亞臉上掛著狡黠的笑容。真是讓人不爽。

傑尼亞隨手遞給眉頭深鎖的權澤舟某樣東西：

「別亂看了，你看看這個。」

那是一張邀請函。克里姆林宮即將舉辦一場日俄合約的簽署慶祝宴會。日本代表團與俄羅斯各界名流都將出席，權澤舟原本打算以坂本弘的身分潛入，卻被突如其來的恐怖襲擊打亂了計畫。

權澤舟發現邀請函上的日期與他之前掌握的資訊不符。大概是因為日本代表團住的飯店發生了危險事故，因此變更了日程，勢必也會加強盤查或安檢這些保安層級。

權澤舟正苦惱著該如何潛入，傑尼亞便收走了他手中的邀請函。

「這只是表面上的慶典而已，真正的派對之後才要開始。」

「真正的派對？」

「波格丹諾夫家族在克里姆林宮附近有一座宅邸，當家的正是俄羅斯天然氣公司實際掌權的代表，次子更是與總統交情匪淺。每當這類國事等級的活動結束，波格丹諾夫家族的宅邸裡便會舉辦一場更為私密的慶功派對。那些未被邀請進克里姆林宮的人，往往會出現在這場宴會上。地下組織的領袖、掌控俄羅斯資金流動的大佬，那些人才是貨真價實的貴賓。只要有利可圖，他們什麼事都幹得出來，所以算是很不錯的情報來源。說不定能從那些人身上取得一些關於『安娜塔西亞』的相關線索。」

「你說的波格丹諾夫，該不會就是我認識的那個波格丹諾夫吧？」

「沒錯，就是他。」

「可是家族裡剛有人死亡，他們還會辦這種派對嗎？」

權澤舟無法理解。他猜現在這個時間點，普希赫．波格丹諾夫的屍體應該已被發現。不管這是多重要的國事活動，怎麼能在家族成員剛去世的時候舉辦宴會呢？

「你真的認為他死了？」

「難道他沒死嗎？」

「很遺憾的，我託了人去打聽，據說河裡只發現了兩具屍體。」

畢竟是部長大力警告的人物，果然不是這麼容易就能解決的。但對方當時都已經失去意識，也流了不少血，權澤舟認為他存活下來的機率並不高。何況待在那連岸邊都結了冰的河水當中，根本無法維持體溫。在如此惡劣的條件下，對方居然還能生還，果然如傳聞所說，不是個普通的角色。普希赫．波格丹諾夫還活著，代表對方隨時可能再次成為威脅。權澤舟雖然感到有些忐忑，但他強迫自己拋開這種情緒。

「你怎麼保證從那裡能找到關於安娜塔西亞的線索？」

傑尼亞似乎早就料到權澤舟會這麼問，遞給他一個對折的文件袋。權澤舟馬上拿過來確認裡面的內容。文件袋裡裝著一些老舊報紙文章的影本和一份來歷不明的名單。名單上列滿了數十個俄羅斯和韓國的人名。

權澤舟掃了一遍名單，接著翻看報紙的影本。報導內容清一色都是某年某日，某人以某種方式死亡的消息。奇怪的是，這些死者的名字似曾相識。

權澤舟帶著懷疑地再次查看名單，隨即睜大了眼睛。那些報導中提到的死者名，幾乎都與名單上的人名一致。傑尼亞解釋了其中的原因。

「這些人都曾參與過安娜塔西亞的開發。他們後來都死了。」

「他們為什麼會死？」

「就是說啊，他們為什麼會死掉呢？」

傑尼亞揚起嘴角反問，像在捉弄一個無知的小孩，露出惡作劇的神情。權澤舟雖然大略猜到了什麼，但還不敢輕易下定論。那個假設一直在妨礙他的思緒。他輕踢傑尼亞的鞋子一腳，催促他快點公布答案。傑尼亞卻興味盎然地欣賞權澤舟焦急的表情，好半晌才開口：

「安娜塔西亞是一種前所未有、擁有巨大殺傷力的毀滅性武器。正因為如此，它充滿了神祕。雖然大家都在談論安娜塔西亞，但實際上，大多數人根本不知道那到底是什麼武器。什麼都不了解，卻對它懷有莫名的恐懼。或者說，正因為無從得知，才會感到恐懼。安娜塔西亞之所以極具威脅，或許就是因為人們還對它一無所知。不過，一旦研發完成，情況就會有所改變了。參與研究的那些人會分道揚鑣，而其中某些人可能會將安娜塔西亞的機密散播出去，這是絕對不能發生的事吧？安娜塔西亞不管是在現在還是未來，都必須是一個空前絕後的恐怖象徵。」

權澤舟蹙起眉頭。話還沒聽完，他已經大致理解「安娜塔西亞」和那份名單之間的關聯。傑尼亞點點頭，證實了他的推測。

「全都被殺人滅口了，確保未來再也不可能開發出相同的武器。」

權澤舟一時失語，說不出話來。他們並非因洩露機密或叛變而被殺，而是被提前抹除，徹底消滅一切有那種企圖的可能。

權澤舟怔怔地低頭再看向名單，突然發現了異常之處，提出質疑。

「可是……！」

「沒錯，就算那樣，也還是有倖存者。」

名單上，波格丹諾夫家族的名字赫然在列，但他們家族仍安然無恙地活著。在參與「安娜塔西亞」開發的大多數人都已喪命的情況下，要如何解釋他們的存活？權澤舟腦筋飛快運轉，頓時像當頭棒喝一般，抬頭看向傑尼亞。傑尼亞朝他露出心照不宣的笑。

波格丹諾夫家族顯然參與了「安娜塔西亞」的研究。當所有相關人員幾乎全部喪命，唯有他們得以倖免，這是否意味著開發者的清洗行動正是由他們主導？一切都是為了完全掌控這絕對武器，並確保不會再有類似的東西誕生。

傑尼亞定定端詳權澤舟凝重的神情。

「如何？現在是否比較想參與這場派對了？」

「……這是要我赤手空拳闖入老虎的巢穴啊。」

權澤舟搖頭哀嘆道。假如傑尼亞提供的情報無誤，那麼會知道「安娜塔西亞」下落何在的，很可能就是波格丹諾夫家族了。現在關鍵在於自己的處境，權澤舟想。派對將在明晚如期舉行。即便透過傑尼亞與總部取得聯繫，要在短短一天內獲得物資支援幾乎是不可能的。話雖如此，他也不能在毫無準備的狀態下孤身潛入。

「總部不可能連這點準備都沒有吧。」

傑尼亞輕輕一笑，遂要權澤舟從位子上起身。結完帳後，他們走出餐廳。外面停著一輛敞篷車，那流線型的外觀與車主的氣質如出一轍。傑尼亞將依舊傻站著的權澤舟塞進了副駕駛座，載著他疾速駕車上路。

大約過了三、四十分鐘，周圍的高樓逐漸消失，行人也越來越少。開來這種地方到底要幹嘛？就在權澤舟困惑地東張西望的時候，車子停了下來。

「下車吧。」

權澤舟順從地下了車，但仍然不斷環顧四周。這裡沒有什麼倉庫或車庫，映入眼簾的只有一棟快要倒塌的廢棄建築。建築的門口掛著一個書店的招牌，但看來早已停止營業，顯得冷清又荒涼。

權澤舟滿懷疑心地跟著傑尼亞。只見他大步流星地走在前面，親手掀起鐵捲門進入建築物。權澤舟也緊隨其後，踏進這棟漆黑一片的樓房。

傑尼亞又打開另一扇內門，沿著昏暗的樓梯往下走。權澤舟下意識地跟上去，差點因踩空樓梯而跌倒。傑尼亞明明就可以先提醒一句有樓梯，這傢伙果然一點也不體貼。權澤舟按捺住對傑尼亞的怨氣，摸索著牆壁，小心翼翼地向下走進這伸手不見五指的黑暗中。

終於，腳底踏上了平坦的地面。雖然眼前還是一片漆黑，但權澤舟能感覺到腳邊積了大量的灰塵。每走一步，便揚起白濛濛的塵霧，讓他的鼻尖微微發癢。

然而，有一點讓他感到十分奇怪。這裡既然是書店的地下倉庫，照理說應該堆滿了舊書，但空氣中並沒有散發出那種書本的獨特氣味。

過了會，「啪」的一聲，燈光亮起。

「……？」

天花板的燈光雖然讓人勉強能分辨出物體的輪廓，但視野依舊昏暗。權澤舟皺起眉，慢慢查看周遭。不久之後，他終於明白了這股異樣感來自何處。地下室四周的大型書架上，竟連一本書也沒有。空蕩蕩的書架正中央，孤零零地擺放著一部老舊的轉盤電話。

傑尼亞到底為什麼要把自己帶到這裡？正當疑問與不滿在權澤舟心中逐漸膨脹時，傑尼亞走到電話前拿起聽筒，然後緩緩地撥起號碼。三，九，一，六，五，隨著轉到「五」的撥號盤回歸至原位，某處傳來一聲「嗶」的電子音。

緊接著，空蕩的書架發出了低沉的響聲，開始轉動。堆積的灰塵因此四散飛揚，讓權澤舟不得不閉上雙眼。等他再次睜開眼時，老舊的書架已消失不見。取而代之的，是一個光滑的金屬櫃。櫃子裡整齊地擺放著各式各樣的槍械、尖端設備和微型炸彈等武器。

SECRET MISSION

03.The Nuclear Man

LOADING......

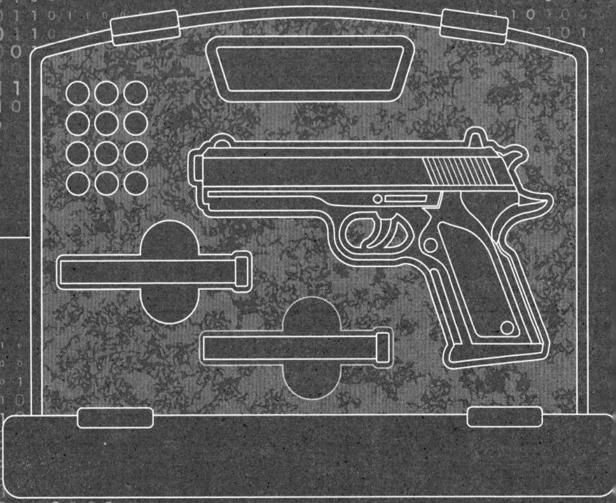

CODENAME : ANASTASIA
ZHENYA X TAEKJOO

波格丹諾夫家族的宅邸可謂是超乎想像。無論是規模還是外觀的奢華程度，都不亞於克里姆林宮。

白色牆面搭配著藍色穹頂，展現了宏偉又不失內斂的美學。洛可可風格獨特的柔和曲線與耀眼的金色裝飾相得益彰，突顯出一股高雅的氣質。精心打造的圓形石階和巨大的大理石柱支撐著高聳的天花板，厚重而巨大的大門則是散發一種難以接近的莊嚴氣息。整棟建築被局部照明設備環繞，籠罩著一層夢幻的氛圍。

正門投下深邃的陰影，隨著夜色在草地上拉長。這扇平時緊閉的門扉，在子夜過後悄然開啟。即便是在這深夜時分，依然有成列的車輛穿過寬廣的花園向內駛入。豪宅傍湖而建，車輛行經正門後，還得繼續行駛一段路程才能抵達。通往宅邸的小路兩旁種滿樹木，彷彿監獄外圍密不透風的高牆，將內部的一切隱藏起來。

來賓們的身分非同凡響，警備也更為森嚴。所有的訪客必須經過兩次的安全檢查：一次是在正門處，另一次是在進入主要庭園前的入口。權澤舟乘坐的這輛車自然也不例外。

一名全副武裝的警衛走上前來敲窗，權澤舟按照指示降下車窗。警衛依次檢查核對幾項資訊：實體邀請函、出席名單上的名字、車輛號碼、是否有同行人員，以及與同行者的關係。所有資料都必須與事前提交的內容完全一致，沒有任何例外。

「請出示您的邀請函。」

權澤舟照著對方要求行事。警衛拿著裝有特殊燈光的掃描器靠近邀請函封套。燈光一照，肉眼無法看到的標誌顯現了出來，儀器也發出了簡短的電子提示音。緊接著，警衛將視線轉向車內，仔細查看同車乘客的身分。

顯然，這份邀請函不僅經過隱形加工處理以驗證真偽，連收件人的資料都已用程式建檔。當掃描器辨識出邀請函的序號後，螢幕上會顯示出該人的所有資料，確保不速之客無法輕易混入。

警衛確認過後座的情況後，禮貌地說了：「感謝您的配合。」隨後便撤退開來。然而，從大門到庭園入口，甚至從庭園入口到宅邸門口，一路上有如交通壅塞般塞滿了車輛。

「這派對是有多隆重，搞得跟拍間諜電影一樣。」

權澤舟故作厭倦的神情發著牢騷。

「就我一個人在配合這場荒謬的演出，世界還真是公平啊？」

他從後照鏡瞪向後座的傑尼亞。兩人四目相對，傑尼亞的眉眼無聲地彎起。

「受邀者是我，沒辦法。想參加這場派對的非法賓客只有兩種選擇——像現在這樣當我的司機，或者假扮我的情人。既然你不喜歡前者，那當初應該選後者，場面會更加精彩。」

「也可以打昏某個警衛拿他的衣服來穿啊。這裡人手這麼多，少一個也不會有人發現吧？」

「你是那種愛自找麻煩的人嗎？不急著展現身手的話，還是趁現在多保留一點力氣吧。」

傑尼亞說得沒錯。不管他是如何弄到邀請函的，既然能夠光明正大地參加派對，根本沒必要多此一舉引發騷動。只是得暫時屈尊伺候傑尼亞這一點，讓權澤舟有些不爽罷了。

「把窗戶關上吧。」傑尼亞不耐煩地指示道。明明後座的車窗也有開關，他卻連動動手指都不願意。權澤舟透過後照鏡瞪著他，最後還是無奈地自己關上車窗。

車子很快開到了宅邸門前。權澤舟把車停在一邊，拉起了手煞車。坐在後座的傑尼亞卻始終一動不動。

「幹嘛還不下車？」

「這應該是我要問你的話吧，你是不是忘了什麼？」

權澤舟一臉問號，傑尼亞於是瞟了一眼後座車門，以眼神示意。權澤舟面露不敢置信的表情，傑尼亞點點頭肯定了他的猜測。車外有很多雙眼睛注視著，還有泊車人員朝這邊走來準備接手。眼下已別無選擇。

權澤舟深深嘆了口氣，終於從駕駛座下車，繞到車的另一側，為傑尼亞拉開後座的車門。傑尼亞微微傾身下了車，動作慢條斯理，權澤舟感覺對方挑釁的視線緩慢掃過自己的臉龐，一邊嘴角不意外地向上揚起。

「這邊請。」

在車外等候的人員以恭敬的姿態為傑尼亞領路，權澤舟趕忙跟了上去。

走上十幾級臺階後，一道高達四公尺的巨型大門矗立在眼前。門兩側的警衛合力將大門打開，終於得以一窺波格丹諾夫宅邸的內部。

「……」

一個與外部截然不同的世界展現在眼前，就像把某座教堂的禮拜堂原封不動地搬了進來，自入口開始，高聳無盡的天花板與開闊的大廳便震懾著每一位訪客。潔白無瑕的牆壁與立柱展現出細緻的典雅氣息，金色的裝飾則在有限的範圍內極力彰顯著貴族風範。華麗的吊燈撒下柔和金光，不禁讓人瞳孔自然放大。色調柔和的天頂壁畫恰到好處地包裹整個空間。牆面上擺設著大大小小的雕像，打破了視覺上的單調感。階梯式露臺上，小型管弦樂團正進行著演奏。悠揚的旋律生動地流淌著，既不干擾賓客交談，又巧妙地充盈著整個寬敞的空間。

「我快吐了。」

權澤舟的自言自語引得傑尼亞突然回頭看他。這樣心醉神迷的場景本應讓人陶醉其中，但他卻是一臉的不耐煩。當然，傑尼亞從未期待過他會有任何「這真是太美了」或「彷彿置身於童話世界」這類肉麻的感慨。畢竟本來就不覺得他具備任何審美眼光，也絕不是會沉迷扮演王子的那種人。即便如此，能有幸踏入這樣一個畢生難得一見的場所，他的反應居然只是「我快吐了」。傑尼亞盯著權澤舟那無動於衷的臉，移開視線後輕笑了一聲。

主廳內已經聚集了不少人，三兩成群地交談著。人群中的某個人立刻吸引了權澤舟的目光——他就是俄羅斯的總統。儘管早已無數次在媒體上見過這張臉，但親眼在這裡目睹到本人，依然有種不真實的感覺。

「歡迎您的蒞臨。」

權澤舟正在觀察內部狀況，一名中年男子走過來，恭敬行禮。從他沉穩的舉止看來，應該是這場宴會的總管。傑尼亞從他身邊走過，沒有回答就走進了大廳。權澤舟正要隨行，卻被立刻挺直上身的男人給攔住。

「司機請往這邊。」

總管伸手指向旁邊的通道，一看就知道是專供員工們使用的空間。權澤舟連忙望向傑尼亞，但那傢伙頭也不回地自顧自走遠了。每次都是這樣，名義上是搭檔，但在關鍵時刻卻從不幫忙。

「請移步。」

總管暗暗催促。權澤舟作為一個小小的司機，再拖延也無濟於事，只得前往對方指定的場所。臨走前，權澤舟瞥了傑尼亞一眼，發現那人早已混入其他貴賓之中。竟然能毫不違和地融入俄羅斯的頂級社交圈，傑尼亞的真實身分究竟是什麼？

權澤舟的眼神頓時變得犀利，凝重的面容瞬間變得毫無表情。

在侍者的帶領下，權澤舟來到廚房旁的儲藏室。這裡是為那些沒被邀請進入正廳的客人所準備的地方。權澤舟才剛踏進房內，身後的門就關上了。

房間裡的人們似乎早已習慣了這樣的對待，大多低頭看著手機，有些人下西洋棋，有的互相講些無關痛癢的廢話。既然如此，何必把他們帶到宅邸裡來呢？讓他們待在車裡不是更好？唯一的目的大概是以防僱主臨時召喚。權澤舟不禁對這種效率極低的場景暗自搖頭。他不像這些人那麼沒事做，而是有任務在身，這一點反倒讓他感到些許安慰。

現在正是派對的高潮，也是他打探機密的絕佳機會。要達成此一目的，他必須離開這個地方，重返大人物們所在的主廳才行。

可是他沒有合適的理由離開。現在以司機的身分，連去洗手間都要徵得許可。萬一被發現有突兀的舉動，一定會當場引起懷疑。要相信傑尼亞，等待他行動嗎？不，這樣不行。

該怎麼辦才好。權澤舟在門邊徘徊，焦慮地思索著如何偷偷溜走。其他人雖然對他格外不安的舉動有些疑惑，但不久後便喪失了興趣。只要悄無聲息地溜出去，應該沒有人會察覺。

確定沒有人在注意自己後，權澤舟悄悄打開房門，小心翼翼地防止門軸鉸鏈發出聲音。門外傳來運送酒水和食物的動靜。他等待合適的時機，迅速閃身而出，輕手輕腳地關上門，直到手完全鬆開門把前，他始終保持著高度的警惕。待門完全闔上後，才吁出一口氣。這條瀰漫著忙碌氣息的走廊上，現在只有權澤舟一個人。

他必須在有人出現前想辦法回到主廳。權澤舟轉身背對廚房，開始向前走。不遠處的走廊有個轉角，一切看似順利進行當中，直到那聲不受歡迎的聲音傳來。

「您要去哪裡？」

權澤舟腳步一頓，回頭看去，剛剛的總管正站在那裡。他盯著權澤舟的眼神中滿是警惕。得想出個合理的解釋才行。

「我去趟洗手間。」

權澤舟盡可能地擺出尷尬的表情。這是再正常不過的生理需求，可是總管的懷疑並沒有輕易消散，他依然沉默地打量著權澤舟，目光一絲不苟地審視。權澤舟不躲避他的視線，甚至努力扯出一絲笑容。對方畢竟是專業的總管，想要瞞過他並不容易。那帶著質疑的眼神像塊鋒利的玻璃在皮膚上劃過。

幾秒後，總管朝剛從廚房出來的侍者招了招手。

「請帶這位先生去洗手間。」

雖然勉強放行，但他的神情依然顯得不太情願。侍者走到權澤舟面前，說了句：「這邊請。」可惜的是，洗手間的方向正好與大廳相反。權澤舟只好向總管點了點頭，跟著服務生離開。

洗手間位於廚房附近，看來主要是給員工們使用的。在前往的途中，權澤舟仔細打量著天花板、牆壁、柱子、窗戶及各種縫隙，但並未發現任何監控鏡頭的蹤影。

「洗手間在這裡，請便。」

侍者微微點頭後轉身離去。權澤舟順勢靠著牆邊讓路給他，忽然間伸手抓住他肩膀。

「怎麼……」

「不如稍微休息一會吧。」

「什麼？」

侍者一頭霧水，還來不及反應，權澤舟便猛地擊中了他的要害。侍者震驚地一縮，隨即失去意識。權澤舟迅速將他拖進廁所隔間。

片刻之後，權澤舟換上一身完美的服務生裝扮。他踹開衣服原主人所在的隔間門，裡頭便傳來物品掉落的聲音。掃把傾倒下來斜斜地卡在門後與一旁牆壁之間。其他人恐怕要花上一點時間才會發現裡面的侍者，權澤舟得在這段時間內完成所有的任務。

他毫不耽擱，立刻朝廚房走去。

「威士忌快上桌！做開胃菜的那傢伙跑哪裡去了！這群蠢蛋，動作都給我快一點！」

外面正在舉行優雅的宴會，廚房裡卻如同戰場。咆哮到臉紅脖子粗的主廚看見剛進門的權澤舟，二話不說就把單一麥芽威士忌托盤塞到他手上，推著他的背喊道：「別慢吞吞的！」權澤舟於是就這樣又被趕出了廚房。

雖然有些慌亂，但這正是混進主廳的好時機。權澤舟緊跟著另一位侍者，多虧在對方的帶領下，他才能沒有迷路地順利回到主廳。在主廳門口處，他又碰到了那位總管，權澤舟立刻將托盤高舉在肩上，擋住了自己的臉。

主廳裡又聚集了更多人。雖身處同一個空間，卻各自擁有不同的樣貌。一邊是滿臉嚴肅地討論國家大事，另一邊則是男女混雜，笑鬧不止。被迫來到這裡的孩子們不是昏昏欲睡，就是抱著東西猛吃，或者像人偶般坐著發呆，幾乎看不到小朋友應有的天真無邪。

權澤舟在賓客之間來回穿梭，奉上威士忌之餘順便偷聽四周的談話。或許因為這裡空間過於開放，沒聽到什麼有價值的內容。明知掌握「安娜塔西亞」下落的人肯定就在人群之中，卻始終沒發現相關的蛛絲馬跡。

權澤舟決定縮小接觸對象的範圍。他左眼佩戴的特殊隱形鏡片，只要凝視某個對象超過三秒，就會簡略顯示出對方的身分資料。例如說他只要注視羅蒙諾索夫三秒，視線的某一角就會出現「瓦列里．安東諾維奇．羅蒙諾索夫，俄羅斯總統」的字樣，隨即又消失。

權澤舟緩緩轉動左眼，逐一確認來賓的臉孔。從總統為首的政府高官，到世界知名的財閥，甚至臭名昭彰的俄羅斯黑手黨都齊聚一堂。

「這身打扮也挺合適的嘛。」

權澤舟看著這有趣的場景微微冷笑，忽然聽到一道熟悉的聲音。回頭一看，傑尼亞不知何時已經站在身旁。他伸手拿走一杯威士忌。顧及旁人視線，權澤舟逼不得已地報以微笑，也順勢向路過的幾個人奉酒。

傑尼亞徐徐轉動杯中的酒，嘟囔道：

「這地方是不是很奇怪？賓客絡繹不絕，卻沒有一個稱得上是真正的人。」

權澤舟差點就要脫口問他「你說什麼」。這句話實在太突兀，讓他一瞬間懷疑自己的耳朵。但想起此刻處境，他馬上閉上了嘴，只是用有些不情願的眼神打量著傑尼亞。

傑尼亞不緊不慢地將酒杯送到唇邊，彷彿他剛才的自言自語不過是權澤舟的錯覺，自然地轉移了話題。

「現在和羅蒙諾索夫在一起的那個人，是波格丹諾夫家族的次子瓦季姆・維薩里奧諾維奇。他是總統的親信之一，據說兩人每週至少會去騎一次馬。他在俄羅斯杜馬[2]議員之間的影響力應該是最大的。俄羅斯政府推行的所有公共事業，在得到總統批准前，都必須經過他手上，這不用多做說明了吧？」

這麼說來，波格丹諾夫家族的當家，不正是俄羅斯天然氣工業公司的實質代表嗎？而家族次子又是總統的親信，也是頗具影響力的杜馬議員。如此一來，日本和俄羅斯間能源設施工程能夠順利簽約，並讓波格丹諾夫家族成為最大受益者的原因，也就不難理解了。

傑尼亞將迅速飲畢的空杯放回托盤，隨即又端起一杯酒，指向一位坐在輪椅上的老先生。

「那個坐輪椅的人是俄羅斯天然氣工業公司的實權人物，維薩里翁・羅曼諾維奇。

2 國家杜馬（осударственная Дума）：俄羅斯議會下議院，擁有四百五十個議席，議員任期五年。議員由單一選區制與政黨比例代表制混合選舉產生，是俄羅斯聯邦的主要立法機構之一。

波格丹諾夫家族之所以能有今天的位置，全拜這位老人緊握能源產業所賜。蘇聯解體後，豐富的資源成為資金來源，也是這個國家能夠支撐至今的經濟支柱。俄羅斯雖然名義上由總統治理，但實際上在控制國家的，都是像他這樣的商業寡頭。」

原來波格丹諾夫家族的實權比權澤舟想像的還要強大得多。他聽到這裡，開始對這個家族的其他成員也產生了好奇。權澤舟的目光忙碌地移動，尋找著波格丹諾夫家族的長子——弗拉迪米爾．維薩里奧諾維奇。當他最終還是找不到對方的時候，遂拿起一杯威士忌塞給了傑尼亞。傑尼亞立刻領會了他的意思，輕笑著接過酒杯：「他來了。」

權澤舟轉頭順著傑尼亞的視線看去，只見一名男子正沿著階梯而下，與來賓們逐一握手。原以為對方體格會很健壯，沒想到卻是個身材矮小、看起來很聰敏的人。

「長子弗拉迪米爾聽說將繼承家業。等維薩里翁．羅曼諾維奇去世後，他就會成為全俄羅斯最大的能源巨頭。奴隸生奴隸，君王生君王，這是自古以來的定律。而他在業界的聲望已經超越了他父親。有人預測，在他的經營下，家族事業將會更上一層樓。」

「家族成員人人各有一席之地呢。那普希赫．波格丹諾夫那傢伙呢？難道是維薩里翁．羅曼諾維奇在外面的私生子？他怎麼感覺像個後巷的混混，跟這個名門望族根本就格格不入。」

「也不盡然。嚴格說起來，那傢伙是個公務員。」

權澤舟不自覺地轉頭看向傑尼亞。這一次絕對是他自己聽錯了，不然就是傑尼亞開了個一點都不好笑的玩笑。然而傑尼亞卻是以極為淡定自若的神情與權澤舟對視。

太扯了，那個曾經綁架無辜外國人的傢伙怎麼可能會是公務員呢？而且還是在大白天的市中心拿著火箭筒狂轟亂炸的那種……這簡直是笑話，連路過的狗聽了都會笑。

但傑尼亞並沒有更正他說的那句話，而是補充了一些關於普希赫·波格丹諾夫的情報。

「他對軍工產業很有研究，手腕也相當不錯。在私人軍火交易盛行的地下世界中，沒有人不認識他的。」

地下世界，也就是黑手黨的世界。黑手黨已成為俄羅斯經濟的新興勢力，這早已是公開的祕密。過去，他們以賣淫、人口販賣、毒品交易和暴力行為等非法活動維持勢力，但從九十年代初開始，他們將目光轉向軍工產業。結果，他們取得了超乎預期的收益，軍工產業與能源產業如今並肩成為支撐俄羅斯金權的兩大支柱。

俄羅斯開發的大部分武器都是透過黑手黨進行交易，因為這比透過官方合法管道獲得的利潤要高得多。對於國家資金打造的尖端武器的銷售渠道，政府不可能不知情，只是睜一隻眼閉一隻眼，甚至樂意與他們合作。只要黑手黨成為強大的資金來源，他們就不再是威脅或敵人，而是兄弟。而波格丹諾夫家族正是最佳例證。

在維薩里翁·羅曼諾維奇當家之前，波格丹諾夫家族從未在財界嶄露頭角。他們的崛起正值蘇聯解體後新興財閥迅速成長的時期。當時，充滿罪惡的地下世界的黑手黨利用社會變遷擴展勢力，滲透到政治和財經界。如果假設波格丹諾夫家族與黑手黨來自相同根源，那麼一切就解釋得通了，甚至可以解釋他們在九十年代以前不得不低調行事的原因。

這也解釋了為什麼普希赫・波格丹諾夫被稱為俄羅斯的「核」——他一方面是富豪家族的一員，另一方面又保持著與地下世界的聯繫，成為兩大經濟體系之間的橋樑。

那麼，普希赫是否就是主導「安娜塔西亞」的開發者呢？摩根也是因為這樣的猜測而接近他，最終才被殺害的嗎？雖然缺乏明確證據，但這是合理的推測。

權澤舟在腦中瘋狂推理之際，傑尼亞突然提醒：「杯子都空了。」正如他所說的，托盤上已滿是空杯。若是其他侍者，早就該在飲料耗盡之前回到廚房，以保持宴會的優雅水準。都怪傑尼亞說的那些話太引人入勝，害他耽誤到時間。意識到這點後，權澤舟望向廚房方向的通道，之前那位總管正用不善的目光不時注意著這邊。

「我得回去了。」

「先把這句話聽完再走吧？我剛剛看到普希赫・波格丹諾夫上了樓，然後阿列克謝・彼羅夫和尤里・列賓偷偷跟了上去。」

阿列克謝・彼羅夫與尤里・列賓分別是俄羅斯的國防部長和外交部長。他們兩個和普希赫．波格丹諾夫要進行祕密會談，必須查看看他們是在談什麼。

「我會幫你掩護，打開通訊器保持聯繫。」

權澤舟正準備趕回廚房，傑尼亞又叮囑了一句。他的語調輕快，彷彿眼前即將進行某種有趣的冒險。真的能信任這個行事不可預測的傢伙嗎？權澤舟搖搖頭，橫越大廳。

「等等。」

本想裝作沒聽見快步經過，但守在走道的總管叫住他。權澤舟抬起托盤掩面。

「規矩忘了嗎？別丟了主人的面子，動作快一點。」

「是，我會記住的。」

「如果是我，在這邊回話的時間早就多邁一步了。」

明明是他把人攔住的，還硬要訓斥一番。權澤舟壓下心頭的怒火，加快腳步穿過走廊衝進廚房。廚房裡仍舊充斥著廚師震耳欲聾的吼聲。侍者們一放下托盤，轉身就手裡端著新菜被趕出廚房。權澤舟也是才剛踏進廚房，空托盤就被人接了過去。

他迅速環視四周，很快就注意到廚房角落裡堆積如山、從未清理的廚餘垃圾。趁著另一個侍者和廚師交涉時，權澤舟走近了料理檯。各個區域的主廚們專注於處理食材、烹飪和擺盤，哪怕最終階段的調味醬稍有差錯，菜餚也會毫不留情地被丟進垃圾桶。因此垃圾堆積如山，甚至都漫到了地上。

根據宅邸的平面圖，食材倉庫有一道通往後院的小門，而垃圾一般都會在不顯眼的地方處理，後院是個最合適的地點。

他掀起沉重的垃圾桶，發現廚房人員忙於各自的事務，無暇他顧。繞過料理檯，走進食材倉庫，立刻就看到正對面有一扇小門。門是從裡面上鎖的，因此從這裡出去沒有任何問題，但得小心外面的嚴密警戒。果不其然，權澤舟剛推開門走出去，就有一個警衛擋住了他的去路。

「有什麼事嗎？」

「啊，是因為這些廚餘……不趕快處理的話，我們的主廚就要發飆了。」

警衛仔細地打量著權澤舟與他手中的垃圾桶，隨後目光穿過他掃向倉庫裡。從開著的門縫中傳來主廚歇斯底里的叫喊聲，警衛心領神會地用下巴指了指，同義權澤舟可以去處理。權澤舟點了個頭，便提著垃圾桶朝廚餘處理區走去。

他一邊倒出廚餘，一邊俯瞰整棟建築。若兩位部長與普希赫·波格丹諾夫正在密會，熱鬧的樓下宴會廳顯然不是適合的地點。即便排除了一樓，整棟大宅還是有許多房間可使用。

權澤舟將視線鎖定在三樓盡頭的房間。夜已深，所有房間的窗簾都緊緊拉上，唯獨那間例外。雖然不清楚原因，但不去查探一番好像無法放心，即使只是簡單地確認一下也好。

他在腦海中想好大致的行動路線。由於建築內部監視器太多，不如在外面行動比較方便。後院的守衛較少，且有建築物的陰影作掩護，是個隱蔽的理想地點。但在此之前，還是得先除掉幾個警衛才行。

權澤舟提著空的垃圾桶返回倉庫，剛才的警衛還在附近巡視。見權澤舟走近，他沒有多想就背過身去。

就在那一刻——

「……呃啊！」

權澤舟猛地將垃圾桶扣在警衛的頭上。視線猝然被遮蔽，警衛驚慌之下舉起手中的槍。權澤舟用膝蓋踢飛他的槍，飛向空中的槍最後穩穩落入了權澤舟的掌中。

警衛一掙脫頭上扣著的垃圾桶，權澤舟立刻一拳揍向他的臉。警衛悶哼一聲，摀著鼻子倒地，因為這一記正面攻擊，鼻梁骨似乎斷了。看著對方痛苦的模樣，權澤舟也皺起眉頭，但隨即一擊命中對方要害，讓他徹底昏過去。他將警衛的身體挪到建築外牆的陰影處藏好，然後四處張望一下，確定沒有人察覺到異狀。

現在唯一剩下的事情就是爬上這棟宅邸。方法有兩種：一是從屋頂放繩索降下來，或是從下面攀爬上去。幸運的是，由於建築外觀的繁複設計，提供了不少可以落腳的地方。前方守備森嚴，後方卻漏洞百出，這倒是幫了個大忙。

那就上去試試吧。權澤舟捲起襯衫袖子露出手錶，將錶盤對準屋頂方向，按下側邊的按鈕。尼龍繩飛快射出，劃破空氣，瞬間飛向建築高處。他拉了拉繩索，確認緊繃的繩索已經牢牢掛在某處。

再度按下側邊按鈕，手錶內的馬達啟動，繩索自動回縮。權澤舟將體重壓在左臂上，如同攀岩般沿著外牆向上攀爬。雖然光滑的鞋底讓他幾度滑落，但這些都不是什麼大問題，隨著高度上升而加劇的重力壓力才是真正的挑戰。手錶緊緊勒住手腕，左手彷彿隨時會被扯斷。

這是用來釣起重達數百公斤的大型黑鮪魚的尼龍繩，不會輕易斷裂。但是，凡事總有例外——要是不斷被尖銳的金屬裝飾摩擦，再強韌的繩索也難保不出問題。偏偏現在，情況正是如此。

正當權澤舟攀至某處時，忽然耳邊響起類似弓弦彈飛起來的聲音，原本拉得生疼的左臂瞬間失去支撐。

「……！」

要摔下去了。預感到即將到來的衝擊，他緊閉雙眼，視野頓時一片黑，全身反射性地一縮，所有感官都因恐懼而緊繃，甚至連髮根都跟著發麻豎起。但隨著時間過去，預想中的劇痛卻遲遲未至。

慢慢張開眼，權澤舟發現自己正驚險地懸掛在半空中。就在繩索斷裂的瞬間，他本能地抓住了三樓的窗框，才得以避免墜落。那條支撐著他的尼龍繩，此刻如同失去了生命般，軟軟地垂落在地上。

權澤舟鬆了一口氣，心中暗自慶幸。雖然比起過去在將近一百一十公尺的摩天大樓上險些墜落，這次的驚險程度算是小巫見大巫。待緊繃的神經和肌肉稍稍放鬆後，他憑著臂力爬上了窗檯，屏住呼吸小心觀察室內情況。

「唉……」

他掩飾不住心中的失落，千辛萬苦爬上來，卻發現三樓盡頭的房間內空無一人，沒有任何人在裡頭待過的痕跡。

他轉頭向旁邊的其他房間望去。由於宅邸規模龐大，即便是在同一層樓，各房間的距離也相當遙遠，根本不易輕鬆來回走動。他有辦法在有限的時間內找到普希赫·波格丹諾夫和兩位部長嗎？就在他逐漸陷入自我懷疑時，耳中突然響起了滋滋的聲音。

『喂，你在哪？』

緊接著傳來的是傑尼亞的聲音。權澤舟這才想起通訊器的存在。他暫時靠坐在窗檯上，嘆了一口氣。

「我正在開心地做白工呢。」

『要是玩夠了，現在就把你的耳朵豎起來聽好。』

正當權澤舟準備反問對方什麼意思的時候，突然聽見了開門的聲音，接著是明顯的關門聲在寬敞的空間裡迴蕩。雖然還不知道發生了什麼事，但他憑直覺迅速壓下呼吸，全神貫注於那些細微的動靜。與開關門的聲音相比，隱約的對話聲顯得格外微弱，斷斷續續地傳進耳裡。

權澤舟辨認出幾個不同的聲音，參與對話的人至少有三個。由於還隔著通訊器，和直接聽起來會有些許差異，他聽不太出來普希赫・波格丹諾夫是否在其中。權澤舟決定繼續聆聽他們的祕密談話內容。

『SS-29 的進展如何？』

『我們還在等松切夫的消息，他正在尋找能解決 SS-29 缺陷的專家。他今天沒有出席這場派對，應該是因為忙著處理這件事。既然他說會再聯絡我們，那就耐心等等看吧。』

『那北韓對於這次的缺陷怎麼說？』

『他們說這是個預料之外的問題，實驗研究階段並未出現過這樣的錯誤。』

權澤舟的嘴角浮現一抹會意的微笑。在俄羅斯，「SS- 編號」形式的名稱通常用來指稱洲際彈道飛彈（ICBM）。例如，蘇聯冷戰時期最強大的 ICBM「撒旦」的正式名稱就是

「SS-18」[3]。由此推測，目前談論中的「SS-29」很可能也是同類的核武器。

而談話中提到的「松切夫」，則是斯拉夫系的黑手黨集團。這款名為「SS-29」的武器目前似乎落在他們手中。不用看也知道松切夫與波格丹諾夫家族一定有著深厚的淵源，否則不可能選在今天、在波格丹諾夫宅邸中進行這樣的密謀。此外，看來是連北韓也牽涉到了這項武器的開發。難道說，這「SS-29」就是所謂的「安娜塔西亞」？

『美國佬那邊有何動靜？』

『目前還很安靜。雖說除掉了那隻暗中潛入的老鼠，讓他們更加深懷疑，但又能改變什麼呢？他們連出面收屍的資格都沒有。』

暗中潛入的老鼠，是指死去的摩根嗎？在俄羅斯祕密開發的核武器、牽涉其中的北韓、美國的監視，以及被暗殺的間諜，所有的線索似乎都對上了。然而，這些都只是推測，依然欠缺具體證據。

房內的對話暫時中斷，隨後又傳來門開關的聲音。是有其他人進來了嗎？權澤舟還在進行模糊的猜測，傑尼亞這時開始為他現場轉播房內的情況。

『剛剛波格丹諾夫出去了，好像是去接電話。』

3 SS-18 Satan：官方型號為R-36M。北約將其命名為「撒旦」（Satan），蘇聯內部則稱其為「Voevoda」（意為「統帥」）。於一九七五年十二月正式投入使用。

權澤舟正要回答，頓時不解地歪了歪頭。他忙著在竊聽都沒注意到，現在才突然冒出一個疑問——傑尼亞現在到底在哪裡？又是怎麼清楚掌握普希赫・波格丹諾夫的一舉一動的？

「你是怎麼知道的？」

『啊，剛剛有個叫奧莉加的女人說要帶我參觀宅邸，這種好事我當然沒有理由拒絕。跟著她四處轉了一圈，我也順手把竊聽裝置塞進那群傢伙聚集的房間鑰匙孔裡。』

「奧莉加」的話，指的應該就是維薩里翁・羅曼諾維奇的小女兒——奧莉加・維薩里奧諾芙娜。

此刻，比起「安娜塔西亞」，權澤舟對傑尼亞的真實身分更加好奇。他到底是什麼來頭？怎麼能堂而皇之地被邀請參加這樣的派對，還能在戒備森嚴的波格丹諾夫宅邸裡到處閒逛？

「你現在在哪？」

『在地下的控制室。』

「在那邊幹什麼？」

『在看著那些傢伙啊，還有……』

傑尼亞稍微停頓了一下，補上一句：

『看著你從三樓差點摔下來的樣子。』

他的聲音中帶著一絲笑意。權澤舟聞言，馬上轉頭四處尋找，很快地發現了安裝在外牆角落的監視器。他毫不猶豫地朝反光的鏡頭比了中指，耳機那端隨即爆發出傑尼亞豪爽的笑聲。

傑尼亞開心地笑了好一會，接著有些無奈地責怪道：

『你跑到那種莫名其妙的地方幹嘛？』

權澤舟沒有答腔。因為他也說不出個所以然。

他看了下手錶，已經快凌晨三點了。剛才傑尼亞說普希赫離開是去接電話，那究竟是多重要的電話，竟然優先於他的公務？權澤舟不禁回想起剛才竊聽到的對話片段。

「普希赫去接的電話，會不會是松切夫那邊打來的？」

『誰知道呢。不過，去確認一下也無妨。我剛剛參觀宅邸時，發現二樓走廊盡頭有一臺電話座機。波格丹諾夫的辦公室裡也有一臺，但兩臺的電話線路不同。他辦公室的電話是專線，只有在那裡才能接到外面直接撥進來的電話。』

「但你會讓我接到的對吧？」

權澤舟悄悄低頭看向下方一邊問道。傑尼亞提到的地點離他目前的位置並不遠，只要打開樓下的房門，電話就近在眼前。關鍵在於是否有警衛把守，但僅僅是接近那裡應該不至於太過困難。

『是啊，只要你能在八秒內從你現在的位置移動到那邊。』

看來傑尼亞早已連上了線路，現在最重要的是抓準時機。八秒之內衝到電話機前，在普希赫拿起辦公室話筒的同時也拿起走廊上的話筒。說起來當然簡單，但只要有任何一點差池都會造成很大的麻煩。

權澤舟朝著監視鏡頭微微點了點頭，伸手從口袋裡掏出一塊口香糖丟進嘴裡咀嚼。他踩著窗框站起來，背後緊貼的牆壁彷彿在向前推著他的身體。這時已無暇準備其他安全措施了。八秒的時間，說短不短，但也不容得半點猶豫。權澤舟稍微深吸了口氣，然後果斷躍向地面。

在落下的過程間，權澤舟猛然攫住了二樓的窗框。下墜的衝擊使他的手指關節、手腕、甚至手肘都疼痛不已。但他咬緊牙關，硬是爬了上去，順利站穩在窗框上。時間已過去三秒鐘。

『不賴哦？』

傑尼亞笑著稱讚道。別人在冒著生命危險拚搏，他卻是悠哉地盯著螢幕偷笑。

權澤舟繼續無視他的反應，掏出一個打火機來。乍看像是個普通的防風打火機，但當他打開蓋子，把裡面像螺絲釘般的小東西拉出來，一條細長的管子隨之現身。他將管子折成直角狀，然後點燃打火機，管子末端冒出了火光。他先把口中咀嚼過的口香糖黏在玻璃窗上，緊接著用火光在周圍燒出一個圓形。完成後，輕拉口香糖，圓形的玻璃便無聲脫落。他將玻璃放在窗框上，伸手進入圓孔，解開了窗戶的鎖。「喀」的一聲，窗戶應聲而開。他環顧四周，然後無聲無息地潛入房內。

權澤舟迅速移動至門邊，側耳貼上門板，細聽外面的動靜。外頭寂靜無聲。他小心翼翼地打開門，探頭探腦地往外一看，走廊盡頭果然有張桌子，上面正放著傑尼亞提到的那臺電話。

他輕盈地滑步靠近桌子，這時耳中傳來了傑尼亞的嗓音。

『我會打信號，你要抓準時機。』

權澤舟拿起話筒，點了點頭。通訊器那端響起了倒數：『三（три）……』他深呼吸，調整急促的呼吸。

『二（два）……』

他再度確認四下無人靠近。『一（один）……』當聲音響起的瞬間，他握緊話筒。

『接起來。』

權澤舟拿起話筒，另一端只有一片寂靜，傑尼亞也沒有開口。權澤舟感受不到除了自己之外，是否還有其他人拿著話筒。他頓時口乾舌燥。

「……」

難道失敗了嗎？權澤舟緊握話筒，等待聲音響起。

或許是他的祈禱真的奏效，毫無預兆地，普希赫的聲音從話筒那端傳來。

『時間抓得真準啊，我們正好在談這件事。』

『我也剛和那邊達成了協議。』

『那麼，結果如何？』

『北韓表示會派遣技術人員過來。』

『真是個好消息，他們什麼時候到？』

『明天就會出發，後天抵達莫斯科。』

『要小心，別像上次那樣被老鼠跟蹤。』

『這次他們會偽裝成中國遊客入境，美國佬很難察覺的。』

『我會密切關注，記得隨時報告情況。』

『明白。』

通話很快就結束了。他們說話簡單含糊，只說彼此能聽懂的部分，避開任何直接的提及，代表他們極為謹慎。權澤舟因此更為堅信他的猜測。

他仍握著話筒，打算等普希赫先掛斷。但就在這時，耳中的通訊器突然爆發出一陣刺耳的巨響。

「……！」

須臾間，尖利如錐的疼痛貫穿耳朵和大腦，權澤舟痛得摀著快要炸裂的頭，跪倒在地。他立刻摘下通訊器扔開，但餘音仍在他腦中迴蕩。

額頭被冷汗浸溼，脊背也在發寒。突如其來的巨響令他的視線一片混亂，胸口劇烈起伏。他不明白為什麼好好的通訊器會突然出問題。這麼大的噪音，恐怕普希赫那邊也聽到了。

砰、砰、砰砰、砰！

可惡的是，不妙的預感果然成真。宅邸外忽然傳來密集的槍聲。看來方才的騷動暴露了傑尼亞的行蹤，他可能也被警衛們發現了。總之現在必須先找地方躲避才行。

「……該死。」

權澤舟艱難地撐起無力的身體，雙腿顫抖得幾乎站不穩。他緊緊按著依然刺痛的頭，沿著走廊狂奔。思緒尚未恢復正常，無法判斷該如何擺脫困境或逃到哪裡，他只能漫無目的地奔跑。

剛抵達中央樓梯時，便聽見從樓下傳來紛沓的腳步聲，至少有三四人，八成是聚集過來搜查入侵者的警衛們。如果再拖下去，對方人數會繼續增加。寡不敵眾的情況下，避開衝突是最明智的選擇。他改變原定計畫，決定往樓上逃去。

三樓還沒什麼動靜。權澤舟緊貼著牆壁，小心環顧周遭。不知不覺，警衛們的腳步聲已經來到附近。權澤舟大步走在走廊上，動作俐落但不讓鞋跟發出任何聲音。

「……！」

權澤舟感覺到一旁的房門內似乎有人正在靠近門口。門把微微轉動。他連忙躲到門扇開啟的反方向去。

門隨即被打開。警衛們也在此時抵達三樓，齊齊向房內走出的人行禮。

「確認過了嗎？」

這聲音和語氣權澤舟很熟悉，是竊聽通話時的那道嗓音——對方正是普希赫・波格丹諾夫。

「還在搜索當中，不過似乎有人入侵的跡象，已經發現到從外部進入的痕跡。這裡太危險，請您隨我們先下樓。」

兩名部長和普希赫默默接受了警衛的建議，跟著他們離開。為了護送長官，大部分警衛撤回樓下，留在三樓的大概只剩兩三人而已。縱然如此，他們都是全副武裝的狀態，想要對付並不容易。

其中一名警衛準備把房門關上。權澤舟屏息凝神，注視著門把。等警衛在門的另一邊握住門把時，權澤舟這邊也跟著行動。他在那一刻用盡全力踢開房門，毫無預警的重擊讓警衛的頭向後倒仰，重重倒在地上。

「……？」

正在巡察其他房間的警衛注意到異狀後探出頭來，很快發現倒下的同僚，帶著疑惑的神情靠近過去。就在那人彎下身子查看同僚的瞬間，一道影子從門縫間閃過。警衛匆忙握住槍，然而從門的另一側射出的子彈卻更快地貫穿了他的肩膀。

「呃啊！」

聽到槍聲，另一名警衛從走廊那頭衝了過來，一發現同僚倒地，馬上對權澤舟開火。權澤舟躲避著子彈一路逃向走廊盡頭，卻發現樓梯口已經聚集了一大堆警衛。

最後他只得躲進附近的房間裡。雖然這樣等於是自投羅網，但當下已無其他選擇。他將門鎖上，推倒附近的櫥櫃來抵住門口。追來的警衛不斷撞擊房門，儘管門板還很堅固，但這樣下去可能也撐不了太久。

權澤舟轉身尋找脫逃的方法，忽然間有一種奇妙的既視感。這裡……他好像來過。經過短暫回憶，他驀然意識到，這裡正是他先前注意到的三樓盡頭房間。

門外的騷動聲越發激烈，看來已有更多警衛接到消息趕來。怎麼辦好？權澤舟探頭看向窗外，只見樓下也滿是警衛，個個仰望著三樓，似乎正在討論如何進攻。

權澤舟爬上桌子，想摸摸看天花板的材質。假如是薄合板，或許還有機會鑽上去。然而他觸碰到的裝潢卻堅固無比，恐怕連電鑽都無法鑽穿。無奈之下，他只好再爬下來檢查周圍的牆面，但情況依舊。

走廊的警衛開始對著房門開火，密集的彈雨瞬間就讓木門千瘡百孔，權澤舟進退維谷。

他靠著書架站立，從腰後抽出兩把柯爾特手槍，分別握在兩手中。這是孤注一擲的時刻，唯一的選擇便是硬闖。他深吸了口氣，將目光鎖定在被子彈撕裂的門上。繃緊全身肌肉準備迎戰的權澤舟臉上已無表情，雙眼不見一絲驚慌，反倒顯得陰冷且鎮定。

「……！」

突然瀰漫而來的雪茄香氣讓權澤舟猝然一驚，這是他熟悉的味道。正準備轉身查看時，書架後伸出了一隻手迅速將他壓制。權澤舟嘴巴被狠狠摀著，脖子也被結實的臂膀箍住，等他意識到要掙脫時，已經完全被制服，沒有任何反抗的餘地。他被拖進書架後方，視線瞬間陷入一片黑暗。

緊接著便聽見了房門被破壞的聲音，而後是警衛們越過倒下櫃子的動靜。聲音都是從頭頂傳來的。雖然什麼都看不見，但從腦袋頂到天花板的感覺來推斷，他似乎被塞進某個狹窄的空間內。

「沒有發現入侵者！」

「消失了！」

「人跑到哪去了？是逃到外面了嗎？」

警衛的聲音充滿困惑。他們把書架上的書全掃到地上，還把家具和窗簾翻來覆去地檢查，焦頭爛額地搜尋著入侵者。而這時，權澤舟則一步步被帶往某個地方。他逐漸放鬆警戒，因為那獨特的苦澀氣味，他已猜出對方身分——雖然不清楚對方是怎麼來到這裡的。

兩人沿著黑暗中一條長長的通道行走。這是建在房與房之間、樓層和樓層之間，如螞蟻窩般的祕密通道。狹窄的通道只可一人勉強通行，四通八達，彷彿迷宮般縱橫交織。

走在前方的傑尼亞突然停下腳步，開始摸索天花板，似乎在找尋某個位置。他的手很快撬開了一塊厚重的地板。權澤舟本來還茫然地看著這一幕，這才猛然回過神來，抓緊了手中的柯爾特。

慢慢掀起的地板縫隙中，映入眼簾的是在房內徘徊的某人的腿。權澤舟和傑尼亞的目光短暫地交會了一瞬。權澤舟靜靜地做了個手勢，要傑尼亞將地板放回去。傑尼亞乖乖照做，手依舊摸著天花板。正在仔細搜尋房間的警衛一步步靠近。

權澤舟再度打了個手勢，傑尼亞再次將地板頂了起來。剛好經過的警衛瞬間失去平衡跌倒，兩人趁機往上爬。慌亂之中，警衛對著眼前突然出現的入侵者們扣下扳機。

混亂的槍聲劃破空氣。傑尼亞微微偏頭，躲過射向他的子彈。一枚不長眼的子彈劃過他耳垂，鮮紅的血液不可避免地湧出，順著脖子滑落。傑尼亞用手背輕輕抹過耳垂上的傷口，忽然間輕笑出聲。

下一秒，權澤舟開槍射穿警衛的右手。警衛慘叫著抓住自己血肉模糊的手掌。

但他悲慘的遭遇並沒有就此結束。等他意識到的時候，傑尼亞已經朝他走來。權澤舟已預感到那可憐之人即將面臨的不幸。不過他既無必要，也無餘力去阻止。

因為慘劇發生得太快，連阻止的時間都沒有。

「……呃！」

傑尼亞強行撬開警衛的嘴，將雙手伸進去。警衛下頦分開的角度已經超出了正常範圍，傑尼亞兩手分別扣住他的上下顎，毫不猶豫地掰開。

「那個……呃……咳……啊啊！」

被抓住的警衛揮動四肢，想盡辦法要從傑尼亞手中掙脫開來。然而傑尼亞卻無視他強烈的求生意志，一口氣扯裂他的嘴。

權澤舟陡然轉過頭，卻無法忽視那特殊的聲響。聽起來不只下巴脫臼，那是顳顎關節徹底碎裂分離的聲音。那名警衛身體抖了幾下之後便昏厥過去。權澤舟不禁皺起眉頭，向後退開幾步。剛才似乎目睹到了一頭慵懶饜足的野獸在進行殺戮。這絕不是一般人類能做得出來的事，更何況對方還面帶微笑。

傑尼亞舉著染血的手左右環視，目光很快地固定在權澤舟身上。更確切地說，他在看的是權澤舟的襯衫。權澤舟又退了一步，堅決地搖搖頭。

「不要。」

傑尼亞不顧權澤舟的意願，大剌剌地逼近。權澤舟皺著眉頭極力避開，傑尼亞卻繼續走向他，猛然伸出長臂，一把抓住他的襯衫。

「……」

權澤舟低頭看著襯衫上傑尼亞那清晰的手印，頷部的肌肉緊繃，充滿殺意的雙眼瞪著傑尼亞。而傑尼亞對此毫不在乎，笑得一臉得意，一點歉意也沒有。

權澤舟煩躁地解開襯衫鈕釦，將沾滿血跡的襯衫狠狠甩到傑尼亞臉上，忍不住咒罵起來。傑尼亞毫不在意，只用那襯衫擦拭著手上的血跡和其他體液。

「你怎麼不帶條手帕在身上？」

「何必那麼麻煩呢？」

他的意思像是在說：有需要的時候，把別人的衣服脫下來不就得了。

「在那裡！」

此時，追著槍聲而來的警衛們快速趕到現場。現在該是躲回祕密通道，還是正面突破？權澤舟來回看著敞開的通道和窗戶有些猶豫，傑尼亞突然大步上前，粗暴地抓住他的領口，不由分說地將他拖到窗邊。向窗外看去，這間房似乎位於建築的正面。

傑尼亞立刻打開窗戶，窗外可見因突如其來的騷動而匆匆逃離宅邸的車輛。看著這一幕，傑尼亞將權澤舟更加拉近窗邊。權澤舟被那道驚人的力量半強迫地推上了窗檯。

「不准動！」

警衛這時已經衝進房間要求他們投降。權澤舟感覺後腦杓一緊，想必是對方的槍口已瞄準了他的全身上下。

即便身陷重圍，傑尼亞的氣勢依然絲毫未減。他直視著前方，低喃著令人摸不著頭緒的話。

「準備好。」

「準備什麼？」

「就是現在。」

在聽清楚「跳下去」的指令前，權澤舟的身體已被大力拽起，幾乎是被傑尼亞強行拖走的。兩人毫無防備地從建築物外墜落，重重地砸在一輛正從宅邸駛出的轎車上。轎車因劇烈的撞擊左右晃動，權澤舟整個人也在車頂上隨之翻滾。若非他手指及時插進後車廂蓋的縫隙來穩住身體，恐怕早就被甩下車了。

同一時間，傑尼亞則是迅速翻身保持平衡，接著使勁揮拳打向駕駛座的車窗。砸了幾下，玻璃應聲四碎。傑尼亞將手伸進去，瞬間將司機拽了出來，就算是安全帶也保護不了他。

駕駛被拉出後，坐在副駕駛座的人慌忙接手方向盤。傑尼亞一腳將那個人踹開，硬是擠進車內佔領駕駛座，狠踩油門。

突然加速讓權澤舟在後車廂上不停顛簸。傑尼亞過了一會才想起權澤舟還在車外，打開後車門讓他進來。權澤舟費盡力氣，好不容易在時速超過一百公里的情況下爬進車內。儘管差點被不停開闔的車門夾傷，但終究是有驚無險地度過了危機。

一上車，權澤舟立刻用槍指向坐在後座的車主。倒不是真想取他性命，但從他們靠近這輛車的那一刻起，警衛們隨即停止開槍，表示就連波格丹諾夫那邊也不敢輕易對名車主動手。沒有比這更好的防護盾了。

然而這種樂觀的狀態並沒有維持太久，暫時停歇的槍聲再次響起。這次是來自霰彈槍的射擊。權澤舟回頭看向迅速遠去的宅邸。敞開的窗戶中，能看到弗拉迪米爾·波格丹諾夫的身影。對方毫不猶豫地端著霰彈槍朝著車輛射擊。所幸距離夠遠，猛烈的攻擊未能打中車尾。載著兩人和人質的轎車以極快的速度遠離了宅邸。

剩下最後一道難關尚未解決——正門已被完全封鎖。面對眼前緊閉的鐵門，傑尼亞卻完全沒有減速，反而將油門踩到底，衝刺般向前狂飆。

這簡直是拚死一搏的瘋狂舉動，刺激得讓人快瘋了。這些瘋子怎麼能這麼冷靜啊？

「呃啊啊啊啊！」

車主看著鐵門越來越近，放聲大叫說自己要死了，叫得聲嘶力竭，甚至能看到喉嚨深處的懸雍垂。照這情況看來，即使此刻踩下煞車也來不及，肯定會撞上去。駐守在正門前的警衛隊也被這輛飛速疾馳的轎車嚇得紛紛躲開。眼看要撞了，權澤舟反射性地抬起雙臂護住頭部。

沒想到就在下個瞬間，緊閉的鐵門突然打開來。轎車撞上半開的鐵門後繼續向前闖了出去。警衛隊愣了一會，隨即開火射擊，但仍然無法阻止這輛逃竄的轎車。

「啊啊啊啊啊！」

儘管已經過了命懸一線的時刻，車主的慘叫聲還在繼續，吵得讓人想乾脆把他打昏。就在權澤舟考慮著是否真要動手時，一聲槍響劃破空氣。刺耳的尖叫聲戛然而止——車主的額頭正中央被子彈穿過，腦袋無力地靠在頭枕上，嘴巴和眼睛依舊大大張著。

滿身都是車主鮮血的權澤舟惱火地瞪向駕駛座，恨不得當場將傑尼亞爆頭。傑尼亞似乎對權澤舟的殺意渾然不覺，依然泰然自若，像剛捏死一隻蚊子似的輕聲抱怨：

「……太吵了。」

⌖

淋浴間裡，水流從蓮蓬頭傾瀉而下，未能及時排出的水在腳邊漸漸累積起來。男人嘴裡哼著歌，俐落地扯下緊束的領帶，已經完成使命的衣物一件一件地落在地上。隱藏在衣物下的結實身軀很快變得一覽無遺。男人隨手撥弄濡溼的髮絲，走進水流之中。

象牙色的頭髮在受到水分浸染後呈現更深的色澤。水珠沿著下巴匯聚到鎖骨凹陷處，再順著隆起的胸肌曲線流淌而下，紋在胸口的鳥形刺青因此變得更加鮮明。結實的肌肉在溫熱的水流中懶洋洋地蠕動，撥動溼髮的手指頭整齊而修長。

然而，透過一片蒸騰水霧凝視著鏡面的那雙眼，卻充斥猛獸的凶光，彷彿剛嘗過血腥滋味的鱷魚，眼神冷靜而殘酷。原本毫無表情的嘴角，無聲地勾起一道弧線。

權澤舟把整包冰塊倒入冰桶中，再加入廉價伏特加，冰桶滿得幾乎快溢出來。權澤舟直接將整隻右手伸進桶裡，伏特加因此滿了出來，幾塊冰也跟著滑落在桌面上。

手腕上那火辣辣的灼痛感終於稍稍緩和一些。之前脫臼的地方又出了問題，醫生曾囑咐他要打石膏固定，但他置之不理，還繼續過度使用，導致傷勢再次復發。

權澤舟低聲嘆了口氣，頭往後仰。舊沙發上的坐墊陷下去，揚起一團灰塵。他不以為意，閉上了眼睛，全身筋骨像要散掉似的疼痛讓他眉頭深鎖。沒有浴缸的浴室裡傳出持續不斷的水聲，是傑尼亞正在洗澡。權澤舟並沒有允許他使用浴室，但他就這麼肆無忌憚地霸占了別人的浴室。

兩人剛從波格丹諾夫宅邸逃出來，此刻已返回權澤舟住的破舊旅館。由於旅館老闆剛好不在，他們順利地進入，但此處不能久留。畢竟住宿費是用傑尼亞的信用卡支付的，遲早會被發現行蹤。

窗外也是喧囂又嘈雜。道路上隨處是臨檢，出入口設滿了路障。數十輛巡邏車閃著警示燈，徹夜在市區穿梭。俄羅斯重要人物們的聚會爆發了死亡槍擊案，加強戒備屬於意料之中。短期內都將持續這種高壓狀態。與其在這時候貿然行動，不如等到管控稍微鬆綁後再做打算。可惜現況由不得他們這麼做。

不久後，水聲停了下來。看來傑尼亞總算是洗完澡了。聽聞開門聲，權澤舟轉頭望去，只見走出浴室的傑尼亞竟然一身穿戴整齊，權澤舟的表情頓時有些微妙。

衣服緊貼在還帶著水氣的身體上，難道不會不舒服嗎？這裡雖然簡陋陽春，沒有浴袍這種東西，但同樣身為男人，其實只要在下身圍條毛巾就可以了，就算光著身子晃來晃去也不奇怪。偏偏這傢伙故做矜持的模樣，反倒顯得有點滑稽。

傑尼亞說：「你幹嘛這樣盯著我看？」權澤舟不但沒收回視線，更加直勾勾地注視著他：

「你的真實身分到底是什麼？」

突如其來的提問讓傑尼亞正要拿到嘴邊的伏特加停在半空中，臉上露出一副完全不明白為什麼要這樣問的表情。

「你怎麼看都不像是我這種普通的情報人員。就拿波格丹諾夫宅邸裡的事情來說好了，你不但擁有那場派對的正式邀請函，在派對中也和眾人相處融洽。那可不是憑靠演技或是一般的障眼法就能辦到的。不僅如此，你連宅邸的內部構造、緊急通道都一清二楚。而且既然我們是搭檔，至少應該要掌握彼此的行蹤，但我從來不知道你的去向。除了你突然現身的那些時候，平常我根本不知道你在哪，也不清楚你在打些什麼主意。你從沒主動告訴過我那些情報。在我看來，你分明就有什麼別的打算，我有說錯嗎？」

「看來你的上司有些事情沒有告訴你啊？」

「我根本是一無所知。你就別隱瞞，全招了吧。」

「這是在審問我嗎？」

「就當作是自我介紹吧，我們到現在都還沒好好介紹過自己。」

權澤舟用指節敲了敲桌子，告訴對方別想逃避問題。面對突襲式的質問，傑尼亞並不慌張，反而笑著揣摩起權澤舟的內心想法。

「明明就是一副標準的俄羅斯人長相，帶著當地出生長大才能有的口音和發音、不受限制地私自使用直升機、即便在市中心鬧出槍戰也不會被通緝。這傢伙到底是什麼來頭？——所以，這就是你對我保持距離的原因？」

「沒錯，像你這樣土生土長的俄羅斯人，而且還屬於這個國家的特權階層，我搞不懂你為什麼要幫我們做事。」

這一直是權澤舟心中的疑問。傑尼亞是個俄羅斯人，還擁有能癱瘓部分國家公權力的權勢，他並不像自己一樣只是服從上級命令行事。權澤舟無法理解，究竟是什麼原因讓傑尼亞願意協助這次的行動，若沒有格外特殊的理由，很難解釋這一切。

傑尼亞毫不在意地聳了聳肩。

「在作為俄羅斯公民之前，我先是一個商人。」

權澤舟的表情變得更加困惑。這話並不難理解，但他無法輕易接受這個說法。也就是說，傑尼亞投入這場隨時可能喪命的任務，僅僅是為了追求利益？單憑這樣的理由就做出近乎叛國的勾當？

「你是說，你打算賣國求利？」

「找不到比這更賺錢的生意了。」

這真是荒謬透頂。權澤舟並非期待對方有什麼崇高的動機，畢竟他自己也不見得有多強烈的愛國情操。做這些事只是工作需求，從來沒打算為了國家拋頭顱灑熱血。但為了個人利益而危害到國家，這則是另一個層面的問題。

「你知道這次任務的目的是什麼嗎？」

「當然知道。你們不就是要確認俄羅斯是否真的研發出一款讓韓國和美國都膽戰心驚的武器嗎？如果找到那個武器，就摧毀它；如果發現研發失敗，那至少要拿到設計圖。不是這樣嗎？」

傑尼亞答得精確無比。既然他對任務的了解如此透徹，自然也清楚行動成功後會在國際社會引爆何種風波，也明白這將會讓自己的國家陷入十分不利的境地。

「那你能從中得到什麼？」

「對我來說，那武器的研發成功與否並不重要。重點是『安娜塔西亞』的設計圖確實存在於這個國家的某個地方。你的目標只是找到它，但我的目的不一樣。我對『安娜塔西亞』本身興趣不大，我看重的是它的設計圖。只要這次任務順利完成，那設計圖就歸我了。」

「什麼？」

「就連外行人都覺得這是筆不錯的交易吧？要不是這樣的條件，誰會願意蹚這趟渾水？想想看，比起實際的火力，『安娜塔西亞』的存在本身更令人畏懼。擁有『安娜塔西亞』的人就擁有相應的威力。如果我能拿到設計圖，我就能打造屬於自己的『安娜塔西亞』。即便這東西是個失敗作也無所謂，因為它是一份足以創造史上最強武器的絕佳藍圖。我可以用這份設計圖作為基礎，開發出新的武器，然後再賣給特定的買家。」

「特定買家？」

傑尼亞笑了笑，沒有答話。假如第二個「安娜塔西亞」真的被製造出來，那些了解這武器威力的人將會成為他的買家，比如韓國或者美國。直到這一刻，權澤舟似乎才真正看透了這次任務的全貌，一直以來存在的大部分疑問也得到了解答。只是他和傑尼亞心理上的距離卻是不減反增。

權澤舟這下也理解了傑尼亞為何總能神出鬼沒。這傢伙出眾的情報能力，也足以證明他成為搭檔的理由。總部選擇承擔風險與他合夥應該也是經過考量的，當然不會隨便冒險與他合作。

理智上明白，但權澤舟心中仍無法擺脫那股不對勁。他依舊用充滿疑慮的眼神盯著傑尼亞。傑尼亞揶揄他這副模樣：

「就因為第一印象不太好，所以打算一直這麼防備我嗎？」

「我還在考慮。」

「別這麼討厭我嘛。」

傑尼亞自己說完這句話後也覺得荒唐，忍不住笑出聲。權澤舟露出不耐煩的表情，從口袋裡掏出某個東西拋過去。傑尼亞輕鬆接住，那是一個錄音器，裡面完整記錄了波格丹諾夫與「松切夫」組織某個人的通話內容。

「你應該也有聽到，波格丹諾夫那些人正在主導開發某種武器。從談話內容來看，很可能是洲際彈道飛彈，但具體是什麼還得確認過後才能知道。至於那是否就是『安娜塔西亞』，目前還不確定。不過考慮到外交部長和國防部長都牽涉其中，再加上北韓的參與，都讓人聯想到『安娜塔西亞』。」

傑尼亞點了點頭，並以眼神示意權澤舟繼續說下去。

「我打算把錄音器裡波格丹諾夫的聲音輸入語音轉換裝置。用這個聲音，我們可以引出與波格丹諾夫通話的那名『松切夫』。見到對方後，就能知道剛抵達的北韓技術人員是誰，以及他的目的地在哪裡。」

聽到這邊，傑尼亞摸了摸眉毛，不知何故露出一絲猶豫的神情。

「黑手黨成員的身上都有紋身。你知道那代表什麼嗎？」

「現在這件事重要嗎？」

「畢竟無知讓人短命。」

「你到底想說什麼？」

「黑手黨的紋身象徵他們的『歸屬』。如果你扒光一個老黑手黨的衣服，就能看到他的整個人生歷程——他曾經效力於哪些組織，曾經向誰宣誓忠誠。因此，如果你對『松切夫』中的某人下手，意味著你將與所有相同紋身的人為敵，這樣也無所謂？」

「無所謂。」

「我想知道你這麼有恃無恐的理由。」

「不是我有恃無恐，只是……」

「只是？」

權澤舟將右手從冰桶中抽了出來，輕輕轉動已經麻木的手腕，接續道：

「只是我剛好結交到一個能夠派得上用場的怪物。」

傑尼亞瞬間明白權澤舟口中的「怪物」指的就是自己。這話算不上什麼高級的恭維，既沒有刻意奉承，也聽不出什麼稱讚的意味。然而這簡單的一句話卻讓他莫名地感到一絲的飄飄然。

「好吧，如果是這樣的話。」

傑尼亞語氣雖淡漠，卻忍不住挺起胸膛，連下巴也稍稍抬起。俗話說：「稱讚能讓鯨魚跳舞。」哪怕那根本不是什麼讚美之詞，眼前這隻鱷魚卻自顧自地得意起來，讓權澤舟看了都覺得尷尬。

但他沒有特意反駁，相反地，他決定順勢迎合這傢伙自滿的情緒，好好加以利用。權澤舟露出一個難得的笑容，將手機遞給傑尼亞，隨後用和善到不行的口吻指使：

「覺得這主意還不錯？那你就打個電話安排一下吧。」

⌖

他們抵達時，幾輛黑色轎車停在那裡。車內只有一個看來像是黑手黨底層的小嘍囉在留守，同行的人似乎已率先進入。車後是一間破舊的倉庫，今晚的接頭地點就在那裡。

權澤舟和傑尼亞早已在附近等候，密切觀察周圍的動態，伺機而動。以防萬一，他們在外面多等了一會，但沒有發現任何遲來的人馬，也沒有看見準備突襲的跡象。

權澤舟檢查了柯爾特手槍的彈匣，傑尼亞也在這時把嘴裡叼著的雪茄隨意丟在地上。雪茄在地上滾了幾圈後停了下來，幾乎是同一時間，兩人向前走去。

權澤舟邁出大步扣下扳機，裝了消音器的柯爾特手槍發出了兩聲悶響，子彈射出。但那輛黑色轎車裝了防彈玻璃，子彈沒能立刻擊碎車窗，只在擋風玻璃上留下一個巨大的放射狀裂痕。原本悠閒抽著菸的小嘍囉慌忙掏出步槍。

就在他槍口對準權澤舟的剎那，「砰」的一聲，車身猛震了一下，好似有塊巨石砸落在引擎蓋上。小嘍囉還沒來得及搞清楚發生什麼事，擋風玻璃的裂痕倏地擴散，一股強大的力量穿透而入。他被人一把揪住衣領，直接從車裡拖了出來。權澤舟只瞥了一眼，確認傑尼亞抓住了那個小嘍囉，便立刻移開視線。他可不想目睹那些過程，以免晚上作噩夢。

沒多久，解決掉對方的傑尼亞回到權澤舟身邊。權澤舟掏出一條手帕丟給他。傑尼亞毫不客氣地拿來擦手，原本潔白的手帕轉眼染上斑駁的暗紅色。

在他清理之時，權澤舟的目光則是掃過那間破舊的倉庫。松切夫的人就在裡面。雖然不知道他們介入開發的武器是否真的是安娜塔西亞，但只要逮住他們稍加拷問，總能挖出些線索。

權澤舟突然望向傑尼亞，兩人頓時四目相交。權澤舟微微點頭，示意該行動了。傑尼亞不發一語，只是咧嘴輕笑了一下。

推開門，兩人走進倉庫。空氣中一陣灰塵揚起，朦朧了視野。權澤舟揮手撥開浮塵，四處打量。辦公家具和建材隨意散落，環境雜亂無章。四周的牆壁由磚塊堆砌而成，但已部分坍塌，天花板上也破了個大洞。

在這片凌亂的空間中央，坐著一名中年俄國人。權澤舟一眼就認出他是松切夫的核心人物——鮑里斯。他身後站著五六個彪形大漢，如屏風般將他護在其中。雙方只是短暫地對峙，窒息的氛圍便籠罩整個空間。

出乎意料的是，鮑里斯的反應相當冷靜。儘管發現了約他出來的人並不是波格丹諾夫，也沒有因此亂了陣腳。眼神流露出的些許驚訝很快便轉化成了饒富興味的微笑。

「來得有點晚啊？」

鮑里斯率先開口。

「聽說昨晚波格丹諾夫的宅邸鬧了場大騷動？一開始聽說是你搞的鬼，我還半信半疑。現在看來，傳聞是真的囉？」

鮑里斯目光直視著傑尼亞，顯然他已經聽聞了波格丹諾夫宅邸發生的事情。傑尼亞既沒有承認，也沒有否認，只是冷笑著聳聳肩。兩人看起來像是舊識。畢竟他們都是地下世界舉足輕重的人物，彼此認識也在情理之中。

鮑里斯斜眼覷了覷權澤舟，將他從頭到腳打量了一遍，露出了納悶的表情。他再次看向傑尼亞，似乎在尋求解釋。

「為什麼要這麼做？」

「這不是很有趣嗎？」

傑尼亞咧嘴笑了起來。他的語氣輕佻，似乎完全不把波格丹諾夫家族，乃至整個俄羅斯放在眼裡。當然，倘若這次行動成功，他將獲得難以估算的龐大利益。但在此之前，他還有無數的難關必須克服。鮑里斯一口否決了這點渺茫的可能性：

「這樣做太魯莽了。」

「通常應該用大膽形容才對吧？」

傑尼亞面上依然帶著笑意，絲毫不打算退縮。鮑里斯搖了搖頭，隨後重新將視線轉向權澤舟，上下打量的眼神中，明顯流露出「為什麼偏偏是這小子？」的不滿與懷疑。權澤舟並沒有因為他的目光而感到不快，倒不如說，把他與傑尼亞相提並論才更讓他感到不適。

權澤舟不再浪費時間，加入了他們的對話：

「閒聊就到此為止，我們來談正事。安娜塔西亞在哪裡？」

鮑里斯微微揚起眉毛，發出無聲的疑問。不確定是因為這問題出乎他的意料，還是因為被打了個措手不及。

「安娜塔西亞？我不知道你為什麼要來問我這個。」

鮑里斯顯然是打算先矇混一番。畢竟，還沒有確鑿的證據表明「SS-29」就是「安娜塔西亞」。再說，權澤舟也沒指望對方會一開始就乖乖配合。

「那『SS-29』你總該知道吧？關於那個武器，有幾件事需要確認。」

「我還想說是哪來的老鼠自投羅網，原來這就是你們的目的？真不知是勇敢還是天真。該不會以為我會這麼輕易地告訴你們吧？」

「那也沒辦法，既然用說的行不通，只好靠身體交流了。」

話音未落，子彈已經飛了過來。權澤舟迅速翻滾至堆積的建材後方，如雨般的子彈使得現場塵土飛揚，眼前一片灰濛，耳邊開始產生嗡鳴聲。然而槍聲卻依然響個不停。

權澤舟看準了反擊的時機，迅速把煙霧彈丟進倉庫內。黑色的煙霧迅速蔓延，瞬間將周圍籠罩。利用這刹那，他對著倉庫裡的幾盞日光燈接連開槍。玻璃破裂的聲音響起，燈管碎片嘩啦啦地灑滿了地板。短短幾秒內，倉庫裡變得一片混亂。各處傳來零星的槍聲，有人痛苦地尖叫，還有肢體骨骼斷裂的聲音，真實得讓人心驚。

傑尼亞不在身邊，但權澤舟並不為他擔心。無論什麼情況，那傢伙應該都能毫髮無傷地活下來。權澤舟此刻唯一需要擔心的只有自己的安全。

他戴上特製護目鏡，人體反應感測器隨遂開始運作，偵測到黑手黨成員的活動軌跡。他在那些茫然無措、分不清敵我的巨漢之間穿梭，連續扣動扳機。

「呃啊！」

「唔呃呃！」

伴隨慘叫聲，眼前那些晃動的身影一個個倒下。權澤舟沿著路徑，向鮑里斯原本坐著的那張椅子走去。

然而，鮑里斯人不在那裡。權澤舟四處尋找鮑里斯的蹤跡，卻怎樣都看不見他的影子。傑尼亞的身影也同樣消失在倉庫裡。

權澤舟掃描般慢慢掃視四周，不知向前走了多久，後腦突然襲來一陣壓迫感。他詫異回頭，一道人影猛然撲了過來。權澤舟反射性閃躲，卻還是感覺到鋒利的疼痛劃過手臂。像是被利器割傷，袖口瞬間被鮮血浸透。他迅速後退，舉槍瞄準對方的頭部，卻沒有貿然扣下扳機。假如不小心殺了鮑里斯，那他們就失去來到這裡的意義了。

就在他猶豫的瞬間，對方的匕首劃破空氣，直取他的頸部。權澤舟向後仰身，連連閃避飛速逼近的刀鋒。與此同時，他餘光瞥見門邊有道陰影，時不時進入他的視野。

那是一個將近兩公尺高的身影，傲慢地雙臂抱胸斜靠著。對於自己的搭檔險些被利刃割喉，那人卻是冷眼旁觀——他就是傑尼亞。那傢伙的腳邊有一堆倒地的人影，應該是那些黑手黨成員。看來他明明已經玩夠了，就是不肯趕快過來幫忙。

分神之際，匕首已朝權澤舟的腹部刺過來。他迅速用柯爾特槍管打掉那把刀，果斷朝對方膝蓋扣下扳機。

「……嗚！」

隨著清晰的槍響，對方重重倒地，悶哼的聲音聽起來像是鮑里斯。權澤舟鬆了一口氣，摘下護目鏡，才發現手臂上的鮮血已順著指尖滴落。失血量在增加，需要立刻止血。

權澤舟翻了下口袋，低低「啊」了一聲，這才想起之前已把手帕丟給傑尼亞。無奈之下，他只好脫下骯髒的外套，解開襯衫釦子。傑尼亞這時終於慢悠悠地朝他走了過來。

「剛才好危險，要是被開膛破肚，至少一個月別想打炮了。」

這還要你講嗎？

權澤舟搖了搖頭，繼續專心解開襯衫的釦子。大概是看不下去他單手慢吞吞的動作，雙手交叉在胸前的傑尼亞忍不住道：「這樣下去天都要亮了。」說完便揮開權澤舟的手，親自幫他解開鈕釦。明明在該出手幫忙的時候裝作置身事外，現在卻不請自來，表現出這種多餘的好心。

權澤舟諷刺地抬起了還在不停滴血的左臂：

「真是感人至極。」

「那當然。」

傑尼亞笑得一臉坦然，對這明顯的挖苦毫不在意。權澤舟早已習慣他這副厚臉皮的樣子，皺著臉催促：「還沒好嗎？」傑尼亞沒有回應，靜悄悄的，權澤舟不禁朝他望去，結果發現這傢伙居然對解開釦子一事異常投入，專注到連眼神都無法從解釦子的手指上移開。

「可以了。」

權澤舟揮開他煩人的手，用力褪下襯衫，還沒解開的最後一顆鈕釦因此「啪」地彈了出去。他毫不在意，將脫了一半的襯衫纏在不斷流血的左臂上繞個幾圈，咬住袖口，打了一個扎實的結。這樣的自我急救，在他單獨執行任務時早已是司空見慣的事。

簡單做了個止血後，權澤舟朝鮑里斯走去。鮑里斯正拖著扭曲變形的腿，努力地挪動身軀，打算要去撿槍。權澤舟一把抓住他的後頸，將他按回原來的椅子上，雙手反扣在椅背後，再用手銬鎖緊。他的腿勾住椅角，將整張椅子往後絆倒。

「砰」的巨響，鮑里斯整個人隨著椅子重重摔在地上，發出了低沉的悶哼。權澤舟扶起椅子，隨即又猛然推倒，這樣的動作重複了三、四次。

儘管數度被粗暴地摔在地上，鮑里斯依然無所畏懼，還反過來嘲笑權澤舟的手段。權澤舟倏地揪住他頭髮，強行將他的頭往後扯，脖子幾乎完全向後仰折。鮑里斯卻依舊帶著那抹使人不快的笑容。

「你以為這樣就能讓我開口？」

「等著瞧吧。」

權澤舟也回以一個假笑，隨即轉身朝牆邊的一臺電腦走去。他撥開散落一地的雜物，找到了一個舊鍵盤，然後猛然將它砸向牆面，鍵盤的按鍵紛紛散落。他抓了一大把鍵帽，回到鮑里斯身邊，強行撬開他的嘴，將手中的鍵帽一股腦全塞進去。

鮑里斯的雙頰很快鼓了起來。權澤舟怕他將東西吐出來，還拿膠帶封住了他的嘴。傑尼亞則站在一旁，帶著饒富趣味的神情觀看著這一切。

準備就緒後，權澤舟開始繞著鮑里斯踱步。

「聽說有北韓技術人員要來解決『SS-29』的問題？應該這兩天就會抵達吧？那麼，我該去哪裡找他呢？」

「……」

鮑里斯紋風不動，毫無反應。權澤舟俯下身與他平視，漆黑的瞳孔中不見半點溫度。鮑里斯則以也用布滿血絲的眼睛瞪著他。權澤舟突然狠狠摑了鮑里斯一巴掌，使得他原本從容的臉龐因劇痛而扭曲。口中塞滿的鍵帽交錯碰撞，引發了劇烈的痛楚，若換成拳頭重重一擊會有多痛，光是想像就足以讓人膽寒。

然而，鮑里斯仍舊固執地閉緊嘴巴，不愧是「松切夫」的大人物。見權澤舟站直身子，鮑里斯趁機悄悄喘了口氣。沒想到權澤舟的拳頭在下一秒揮向他的臉，劇痛使他眼冒金星，身不由己地哆嗦起來。即便口中塞滿了東西，他依然痛得發出壓抑不了的呻吟。

權澤舟狠掐住鮑里斯的雙頰，鮑里斯臉色霎時變得更為蒼白。權澤舟問他：「現在想說了嗎？」鮑里斯頑固地搖頭，眼中滿是狠戾的光芒。看到他這般反應，權澤舟的神色也隨之陰冷。一旁觀看的傑尼亞卻「嗤」地笑出聲來。

石頭般堅硬的拳頭無情地掄向鮑里斯的臉，強撐許久的鮑里斯終於撐不住，最後頭一歪，垂了下來。唾液和鮮血從被封起的嘴巴滲出。權澤舟一撕掉膠帶，他的嘴巴便無力地鬆開。沾滿血跡的塑膠鍵帽和牙齒從嘴縫中掉落。

「我再問一次。要來修理SS-29的技術人員是誰，他的目的地是哪裡？」

鮑里斯因他鍥而不捨的追問而發笑，接著突然往他臉上啐了一口。一圈血沫就這樣糊在權澤舟眼睛周圍。他沒有擦掉，只是默默地撿起鮑里斯落在地板上的刀。

「你要不要到外面去等？」

權澤舟冷冷地勸告傑尼亞。這話既是體貼的建議，也是隱晦的警告。

「就當我不存在好了。」

權澤舟本是為他著想，傑尼亞卻笑得更加放肆。微微彎起的眼睛裡盈滿著對即將上演一場好戲的期待。

權澤舟不再多言，轉身走向鮑里斯。鮑里斯喘著粗氣，狠狠瞪著朝自己逼近的權澤舟，恨不得用眼神將他殺個千百遍。即便氣勢已被削弱，他的憤怒仍未減退。看來，權澤舟得祭出最後的手段了。

「印第安勇士們為了證明自己的勇猛程度，會盡可能地獵殺敵人，且以手法殘酷聞名，總讓敵人在極度的痛苦中慢慢死去。和那種方式比起來，一刀直接身首異處的方法可以說人性化得多，痛苦只是一瞬間的事。聽說，他們會活生生地剝下敵人的頭皮呢。」

權澤舟語帶威脅地嘀咕，一邊撫上鮑里斯的前額，將他頭髮向後撥開露出整片額頭，然後用手裡的刀割下去。

「……咯呃呃！」

皮肉被劃開的鮑里斯痛苦地扭動著被束縛的身體。這還不到難以承受的程度。刀刃劃破的傷口正一點一滴地滲出鮮血。

「據說要先在額頭上切出一個可以容納兩根手指的洞，然後再從切口處慢慢撕開，但大部分的人在頭皮整個扒下來之前就先休克死亡了。聽說這是連中彈、刀傷或骨折都無法比擬的痛楚。」

語畢，權澤舟的嘴角閃過一抹令人悚然的微笑。傑尼亞的興致此刻來到了最高點。而鮑里斯則是生平第一次對即將降臨的災厄感受到恐懼。

「呃啊啊啊啊啊！」

慘絕人寰的叫聲隨後響徹了整棟建築物。

倉庫的門終於打開。權澤舟臭著一張臉，傑尼亞倒是顯得格外愉快。兩人走回車上時，他一路緊貼在權澤舟身邊，近到讓人受不了。

「你是真的打算把他頭皮剝下來嗎？」

「……噁心死我了。」

權澤舟完全忽略傑尼亞的問題，右手在褲子上來回擦拭。手上的血早就擦乾淨了，但他還是停止不了這個動作。傑尼亞顯然不明白他心中的煩躁，興奮地嚷嚷：

「你剛剛還真的有點性感耶！說實話，我差點就要失控，下面都硬了。」

「下次再有這種情況，記得馬上告訴我，我隨時都很樂意扒掉你的頭皮。」

權澤舟咬牙切齒，一把揪住傑尼亞衣領，把他猛然拉到眼前低吼威脅。那張俊美的臉幾乎一下子逼近，幾乎要貼到權澤舟鼻尖。傑尼亞的藍色瞳眸緩慢地轉動，先是凝視著權澤舟的眼，又將視線移向他的手。那動作猶如爬蟲類的眼球在捕捉獵物般，看來異常得令人不適。

權澤舟皺著眉，愣愣地看著傑尼亞，對方突然輕輕拍掉他抓著衣領的手。雖然只有短短瞬間的接觸，那冷得像冰塊的肌膚卻讓權澤舟不由得一顫，反射性揮開傑尼亞的手。

一般來說，如此明顯的排斥動作都會讓人感到尷尬，傑尼亞卻像什麼也沒發生似的，揚起一個不懷好意的笑容。

「接下來要做的事，就是那個吧？」

權澤舟沒有應聲，只是點點頭。「那我們走吧。」傑尼亞隨即走到他前方去，背影像在哼著歌曲般搖擺晃動。權澤舟站在原地，定定看著他身影。

這個人偶爾會表現出正經的一面，但當對方意識到時，他又會佯裝沒這回事，嘻皮笑臉帶過。表面上雖然顯得輕鬆豪邁，不時卻會毫無掩飾地展露出真實的自我——一名徹頭徹尾的破壞者，也是一頭擁有異於常人的嗜好、極其危險的怪物。

在傑尼亞身上，正常與不正常只是一線之隔。也正因如此，權澤舟才會時而卸下心防，卻又很快重新築起防線。

而他比理性更敏銳的本能，正一再地搖頭示警。

SECRET MISSION

04. 西伯利亞橫貫列車

LOADING......

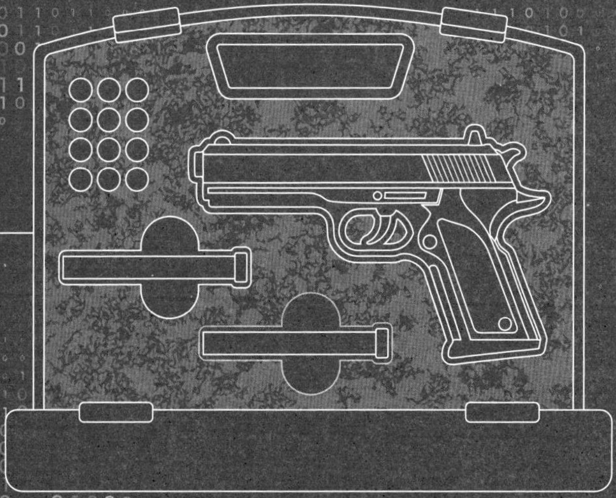

CODENAME : ANASTASIA
ZHENYA X TAEKJOO

由北京出發的列車正駛向莫斯科。靜寂的夜裡，窗外被濃濃的黑暗所包裹。剛上車時那股鬧哄哄的氛圍已不復存在。

從北京到莫斯科，是一段長達六天的漫長旅程。雖然所有乘客的目的地相同，但每節車廂的氣氛卻大相逕庭。一等艙和二等艙的乘客，洋溢著對未知世界冒險的期待；而三等艙卻充斥著市井氣息。乘客們在狹小的空間裡展開一場無聲的戰爭，為爭奪那麼一點點便利而暗中較勁。別說是奢望睡在床上，他們只能試圖在擁擠不堪、連基本隔板都沒有的座位上入睡。

不通風的車廂裡，濁氣彌漫，還混雜著難以名狀的怪味。一個因為不舒服而不停扭動的嬰兒終於大哭起來，疲憊不堪的父母只能敷衍地安撫哭鬧的嬰兒。持續不斷的哭聲讓其他乘客忍不住皺眉、翻來覆去。一群徹夜不眠的軍人喝著廉價的伏特加，嘻嘻哈哈地大笑不止。至於那些把包袱硬塞進別人座位下的小販商人們則戴著耳塞，隔絕了一切喧鬧，多年的經驗似乎使他們學到一些度過長途旅程的訣竅。

二等艙的旅客們不分國籍、性別、年齡，三五成群地聚在一起。他們互相分享著旅途中的見聞、實用的資訊、未來的行程安排，還有各種小零食，整夜聊個不停。對他們而言，這些交流也是旅行的一部分，所以不具有感到疲憊的問題。

車廂內唯一配備私人浴室的特等艙則始終保持著安靜。無論白天或黑夜，走廊上幾乎看不到人影。晚上他們躺在舒適的床上安然入睡，餓了就隨時去車內的餐廳用餐。那裡貴得離譜的餐飲價格對他們來說根本不痛不癢。

如果說總部的支援有哪一點令人滿意，那就是在交通和住宿費用方面從不吝嗇——權澤舟檢視完其他車廂，躺在特等艙的床上時這麼想著。然而才沒過多久，不滿就湧了上來。

「啊嗯嗯……哈嗯……嗯……嗯……」

權澤舟的眉頭越皺越緊。他閉上眼睛，試著入睡，但沒有用。興奮的呻吟聲逐漸增強，穿透進他的耳裡。

「啊嗯……嗯、哈嗯！啊！啊啊嗯！嗯啊……啊啊！」

權澤舟把臉深深地埋進枕頭裡，甚至用被子蒙住了頭。儘管如此，他還是無法忽視那近在咫尺的聲響。兩具肉體更加激烈地碰撞在一起，女人的呻吟聲也越來越尖銳。啪啪啪的聲音響亮到令權澤舟的耳膜都快被震破。

別理他就好，別理他。

就像在念咒語一樣，權澤舟努力平復心緒。一個瘋子做瘋狂的事情，沒什麼好大驚小怪的。要怪也不是怪傑尼亞，應該要怪總部為何把這種人指派為自己的搭檔。

權澤舟平時根本不知失眠為何物。每當任務結束，他總是會大睡特睡，睡他個幾天幾夜，任務中即便只能小憩片刻，他也可以安然熟睡。對於他來說，好好吃飯、睡覺是最基本的自我管理。失眠這種事，絕對不該發生在他身上。雖然這個方法有點老套，但他決定試試數羊。

一隻羊、兩隻羊、三隻羊、四隻羊……

「……哈嗯嗯、哈啊啊啊啊啊！」

五隻羊啊啊啊……該死！

權澤舟翻身坐起，雖然艙房裡已熄燈，但走廊透進來的光線將糾纏的身影清楚映在眼前。即使在黑暗中，他也能看到傑尼亞那幽幽發亮的眼睛。兩人的視線似乎短暫交錯了一瞬，但傑尼亞毫無尷尬之色。

那個跨坐在傑尼亞身上的女人，裙子撩至大腿，後來直接掀到腰部的高度。她的制服上衣還穿得很整齊，讓人一眼就能辨認出她的身分——正是上車時為他們安排座位的那位金髮乘務員。儘管權澤舟正不避諱地盯著他們，傑尼亞仍毫不在意地繼續聳動腰身。每一次動作，都伴隨著女人銷魂的呻吟，上半身也隨之軟倒。

隨著女人的胴體一起一伏，都能見識到傑尼亞的分身有多雄偉。沾滿愛液而水淋淋的肉棒一刻不停地在蠕動，是相當令人感到負擔的大小。看著女人坐下時將它一口氣納入體內，權澤舟不禁皺眉，似乎就連自己的會陰都能感覺到痛感。怎麼有辦法承受那猙獰無比又大到離譜的巨物？權澤舟不由得再次為人體的奧妙感到驚嘆。

權澤舟索性雙手環胸坐在那裡，打算看看傑尼亞臉皮到底厚到什麼程度。或許是他錯覺，傑尼亞的嘴角忽然浮現了一抹微笑。

「哈啊……你太、太……咿咿！啊啊……嗯、哈啊啊！」

女人原本搖搖晃晃的上半身開始往後仰，被那傢伙抱著的身體每受到一波撞擊，白皙的大腿就會抽搐一下。半張的嘴脣裡逸出稠狀的唾液和崩潰的聲音。

傑尼亞並沒有放過她，而是固定住女人試圖追求更多快感的柔軟身軀，開始淺淺磨蹭，不斷地頂胯。啪、啪、啪、啪、啪，強勁的碰撞連聲響起，彷彿拳頭敲在皮革上。女人的臉因痛苦的快樂而扭曲，原本雪白的皮膚也變得通紅。

女人高高地仰起頭，身子無力地晃動。完全分開的膝蓋因貫穿全身的灼熱感而顫抖。喉嚨裡呼嚕的喘息聲似乎隨時都會戛然停止。

「哈嗯、哈啊嗯……啊呃啊啊啊！」

不久後，女人四肢抽搐著，發出了尖聲哀叫。與此同時，傑尼亞那龐大的身軀也開始緊繃，眉頭猝地皺了起來。權澤舟的視線無意間停留在傑尼亞的臉上。這個平時在任何情況下都能保持鎮定泰然的傢伙，卻在原始本能面前毫無防備地顯露出痛苦，這幅景象顯得有些奇妙。權澤舟感覺到自己心臟突然跳得飛快，似乎是真的有些為此感到吃驚。

射了精的粗大性器滑出體外，濃稠的精液從末端流淌而出。看著白色的黏液浸溼了床鋪一路滴到地板，權澤舟頓時臉色鐵青。世上恐怕沒有任何雄性動物，願意接受同類在自己的地盤上做出標記領域的挑釁行為。

權澤舟打開窗戶通風。列車疾馳，猛烈的風呼嘯而入。正當他承受著刺骨寒意時，傑尼亞剛好洗完澡走出來。狹小的浴室連擠進去都有困難，他卻能在裡面神奇地迅速穿好一身衣服。這已經超越了強迫症，簡直是種特技了。

看到蜷縮在寒風中的權澤舟，傑尼亞露出疑惑的表情。

「你在做什麼蠢事？一副快要凍死的樣子。」

也不想想是誰害的，還擺出一臉無辜的模樣。權澤舟狠狠瞪了他一眼，隨即「啪」地把窗戶關上，這才感覺那股腥味似乎淡去了些。

一夜沒睡好，從早上開始他的狀態就不佳。沒有食欲，甚至連吃飯的念頭都沒有。即便看到權澤舟臭著臉，傑尼亞還是沒心眼地笑著：

「沒想到你會看得那麼光明正大，通常不都該迴避一下嗎？」

權澤舟被氣得笑了出來。性愛「通常」不是應該屬於兩個人的私密享受嗎？見到傑尼亞明明無所謂，卻在抱怨自己有多困擾，權澤舟被他氣得牙癢癢，這個人明顯是在故意捉弄人。權澤舟索性臉皮更厚地回擊：

「有這麼優質的色情片可以免費觀賞，我為什麼要迴避？」

「嗯……確實是滿優質的。」

傑尼亞一副表示理解的樣子，點了點頭。這當然不是讚美，任誰聽了都知道那是在譴責。傑尼亞卻莫名其妙地挺直肩膀，還抬高了下巴。這句話有這麼讓人感到驕傲嗎？

「你還真會說些讓人高興的話啊。」

看來傑尼亞的思維方式和社交能力有著很大的問題。他居然把挖苦當成了好話，還得意滿滿。權澤舟已經懶得再理他了。沒必要特地去打擊他奇怪的自我滿足，而且不管再怎麼諷刺，他也都無感，只是白費唇舌罷了。

兩人於昨日上午前往北京。從「松切夫」的鮑里斯那裡得知，北韓的技術人員洪余旭將會偽裝成中國遊客，登上西伯利亞橫貫列車。鮑里斯說，波格丹諾夫的人計劃在列車抵達莫斯科之前與洪余旭接觸，但具體的時間和方式他也不清楚。另外，「SS-29」目前也正送往安全的地方，最終將被存放在何處尚無法確定。儘管這些情報還有很多不確定因素，但對他們而言沒差，反正現在只要跟蹤洪余旭，就能自然而然地找到「SS-29」的所在地。

昨晚，他們確認洪余旭已經上車。正如鮑里斯所說，洪余旭偽裝成中國人，進入了二等艙車廂。雖然目測他沒有同行者，但事實為何還需要進一步觀察。波格丹諾夫的人很可能已經在列車上觀察著他的動態。正因如此，兩人並未立即對洪余旭出手。

萬一洪余旭發現自己被跟蹤，波格丹諾夫那邊可能會放棄與他接觸。這樣一來，所有計畫都將跟著泡湯。他們必須更加謹慎小心才行。

「對了，鮑里斯那傢伙怎麼了？不是說你會處理嗎？」

「嗯，沒錯。」

「你說的處理，應該不是要送他上路吧？」

「一開始還真有那麼想過……」

傑尼亞話只說到一半便笑了起來。權澤舟立刻催促道：「結果呢？」他看著傑尼亞的眼神不僅是不滿，甚至挾帶著一絲凶狠。傑尼亞似乎刻意拖延時間，笑了好一會才道：

「想說或許以後會派上用場，我就把他關起來了。」

「萬一他逃走了怎麼辦？」

「所以你也希望我解決掉他嗎？真是殘忍啊。」

「我不是那個意思，只是他要是走漏了風聲，整個計畫就毀了。」

「放心，不會發生那種事。」

「我真的能信你嗎？」

「當然。在我下令之前，他是不可能離開那裡的。」

權澤舟雖然心裡半信半疑，但還是默默相信了他的話。這很矛盾，但事實就是如此。所以現在是否只需要專心對付洪余旭就行了？

無意中望向窗外，廣闊的平原飛速掠過。無論在哪個國家，冬天的景色總是無比蕭瑟淒涼。偶爾能看到幾隻放牧的四足動物，孤零零地站在一望無際的大地上，無來由地讓人感到孤寂。

列車開了很遠，景色還是差不多。蜿蜒的山脊，似斷非斷，卻又連綿不絕。靜靜地看了一陣子，權澤舟很快便感到無聊，好不容易趕走的睏意又漸漸湧了上來。

他打了個長長的呵欠，看了一眼手錶後猛然一驚，忙不迭地從架子上取下他的包。乍看之下像是一個公事包，但實際上是一臺用來臨時連接衛星通信的設備。在必要時，這台設備甚至可以偽裝成韓國發話的系統。

權澤舟打開電源，開始敲擊鍵盤，輸入特定的指令。通訊設備內的無線天線開始運作，接收衛星信號。他將手機的耳機插入側面的插孔，然後輸入了一串電話號碼。

傑尼亞則站在一旁，雙手抱胸，興致勃勃地看著。他原本打算去吃早餐，順便再觀察一下洪余旭的動靜。雖然他並不打算邀請權澤舟一起，但看到對方這不合時宜的慌張樣，反倒讓他產生了濃厚的好奇心。平時冷靜自持像根木頭的這個人，現在如此急切地想打電話，讓他不禁想知道電話那頭究竟是誰。

「媽，是我。」

權澤舟的母親幾乎是守在電話旁，一撥通就馬上接起。權澤舟費了好大力氣安撫因遲了一些時間聯絡而憂心忡忡的她，根本無暇顧及傑尼亞就在一旁聽得很開心。

傑尼亞聽著權澤舟口中流利地說出陌生的語言。他曾因工作關係與幾個北韓人見過面，聽起來跟他們的語言很相似，應該是韓文。然而，傑尼亞對韓文並不熟悉，所以無法判斷通話對象是誰，也無法理解對話內容。唯一能推測的是權澤舟的語氣分外溫柔，顯然是在用和不同以往的柔和語調安撫對方的情緒。斷斷續續從耳機洩漏出來的無疑是女人的聲音。看來不是什麼隨便玩玩的對象，而是那種長期用心維繫的深厚關係。

傑尼亞突然拿出手機，開啟翻譯應用程式。如他所猜測的，權澤舟說的語言是韓文，而且頻繁出現的一個詞語是「媽媽」的意思。仔細看著翻譯內容的傑尼亞不禁嗤笑一聲。本來還覺得他怎麼這麼溫柔，結果對象原來不是年輕女人，而是他母親。

權澤舟的通話很快就結束了。他一按下結束通話的按鈕，便長長地嘆了口氣。帶著倦容收拾著通訊設備的他，倏地抬起頭，立刻與傑尼亞四目相對。傑尼亞低頭看著他，嘴角帶著嘲諷的笑意，一看就知道他想說什麼。權澤舟假裝什麼都沒看見，收好公事包後，又坐回自己的位子。傑尼亞像是等不及要嘲弄他一番，道：

「從來沒見過所謂的媽寶是什麼樣子，原來就近在我眼前。」

「什麼都不懂的傢伙，少在那邊自以為是地多嘴。」

「是因為被說中了才這麼惱羞成怒？」

「我還寧願是個媽寶，就不用這麼累了。」

權澤舟搖了搖頭，無奈地嘆息道。傑尼亞向來不關心別人的家務事，也懶得去管。但看到那個平時像塊木頭一樣的男人一下子變得那麼溫柔，又瞬間恢復成木訥冷淡的態度，這種變化讓他不禁好奇起來：這個抱怨自己很累的媽寶，究竟有何隱情？

「你可以說說看原因。」

「像你這樣的傢伙，怎麼會理解獨自活下來是多麼辛苦的事？被留下的人，不僅得替死去的家人承受擔心、憂慮、不安、焦躁、期待……甚至是好幾倍的心理負擔。正因為知道她會這麼擔心，我才選擇隱瞞一切，只能裝出一副無所謂、開朗的樣子。如果我媽知道我現在在哪裡，知道我接下來要做什麼，她一定會當場病倒，臥床不起。她現在還以為我只是在地方政府處理民眾的投訴……」

權澤舟原本無所顧忌地喃喃自語，卻突然間閉上嘴。傑尼亞一直在一旁認真聽著，見他停下來，臉上露出了詫異的表情。

「怎麼說到一半不說了？」

「因為沒必要跟你說這些。」

權澤舟往椅背深處一靠，閉口不言，拿起一本厚書，顯然不打算再繼續這個話題。傑尼亞卻伸手過來，闔上他剛翻開的書頁。兩人的目光再次交會。

「我們多的是時間可以聊。」

「是嗎？可是我帶了一堆書要看，沒空跟你分享那些無趣的家務事」

權澤舟說著，用下巴指了指自己的行李。那數量確實足夠他打發六天的時間了。

傑尼亞輕笑了一聲，不客氣地上下打量著他，眸光中帶有一絲新奇的興趣。權澤舟假裝沒注意到對方的探尋，還故意隨手拿起一本書遞了過去：

「要不要借你看看？」

「算了吧。我對那些一個人自說自話的東西可沒興趣。要是真無聊了，找個女人來解悶就好。」

當然當然。

權澤舟搖了搖頭，隨即將目光固定在書本上。傑尼亞這時也不再繼續糾纏，默不作聲地走了出去。名義上雖然是搭檔，他卻從來不交待自己離開的理由或去向。

門開了又關上，權澤舟的視線從書本移向了門口，緊繃的肩膀終於鬆懈了下來。每次被傑尼亞直直盯著看，他就會不自覺地感到緊張。

這也不怪他，畢竟他時常在傑尼亞身上看見對方深藏的凶殘本性，靜靜浮在水面陰險的破壞者。他就像一個經驗豐富的掠食者，知道如何放任獵物四處遊走，只為了在最後的盛宴中盡情享用。權澤舟的本能抗拒著這個人。即便他一再告訴自己他們是一個團隊，他對傑尼亞的戒備從未減少過。

列車在行駛十二小時後，抵達了中國與蒙古的邊境地區。由於即將進行出入境審查，列車還沒停靠，車上已經開始充滿躁動的氣氛。

雖然相較於俄羅斯邊境的檢查，這裡較為寬鬆，但據說檢查通常需要三個小時左右。假如遇到特殊情況，時間可能會更久，而在這期間，乘客只能被困在列車內，無法離開。

列車完全停下後，早已準備好的邊境審查官陸續進入車廂。他們分成小組行動，由出入境管理局的工作人員、海關人員，以及幾名警察組成，到各自負責的區域進行檢查。他們不僅核對各種申報表，還仔細比對乘客的護照照片與本人是否相符，隨後也相繼展開行李和身體搜查。大多數檢查都在通常程序內快速完成，但有時遇到嚴格的審查人員會要求乘客卸下行李一一檢查，甚至連床鋪底下、置物架和垃圾桶等角落也不放過。在檢查過程中，乘客不得離開包廂。面對即將到來的檢查，誰也無法安心休息。

權澤舟與傑尼亞也是如此，兩人就那樣面對面坐在狹窄的包廂內，彼此之間沒多說什麼話。由於剛從短暫的睡眠中醒來，權澤舟也不太想翻開書本閱讀，就只是一邊打著瞌睡，一邊等待著審查人員的到來。

說起來，其實身上攜帶著柯爾特手槍、微型炸彈以及各種先進電子設備的他們應該是最緊張的。雖然已提前將這些東西藏匿妥當，但那些審查人員可是久經沙場的老手。萬一不小心讓他們發現了柯爾特手槍，事情將會完全失控。這種情況下，根本不能有片刻的掉以輕心。

然而，比起審查，更讓權澤舟分心的是傑尼亞的膝蓋。他們面對面坐在狹窄的座位上，彼此的長腿不可避免地交錯。但權澤舟的膝蓋只到傑尼亞的大腿處，而比他高出十幾公分的傑尼亞，膝蓋卻尷尬地卡進權澤舟兩腿之間。一個不小心，他的膝蓋就會碰到權澤舟的胯下。

權澤舟不滿地低頭看著對方險些侵犯到他胯部的膝蓋。他的視線直接，若傑尼亞會看人眼色，早該自覺收回腿了，傑尼亞卻只是毫不避諱地直視著他，動也不動。

「能不能把你的腿挪開？」

忍耐許久之後，權澤舟終於開口要求。

「腿長又不是我的錯。」

傑尼亞故作無辜地聳了聳肩，甚至連稍微挪動身體的意思也沒有。其實覺得不舒服的一方先讓步就好了，但權澤舟沒有那樣做。他不想被這種無聊的把戲牽著鼻子走。對付這種人，無視是最好的懲罰。

權澤舟將目光投向窗外，一點反應也不給，還因為湧上來的倦意打了幾個哈欠。面對這毫無波動的回應，傑尼亞終於嘟囔了一句：「真不可愛。」權澤舟只是摸了摸自己的耳朵，假裝沒聽見。

就在這時，車廂外開始變得嘈雜起來，隱約能感覺到有許多人靠近，隨後審查人員陸續進入了包廂。

首先要出示護照。權澤舟依舊偽裝成日本人，使用的是一個與飯店爆炸事件中被宣布失蹤的坂本弘不同的假名。審查人員仔細核對了他的申報表，沒有表現出任何懷疑，便把護照還給了他。

接著開始了正式的行李檢查。傑尼亞似乎毫不擔心，始終保持從容不迫的姿態。權澤舟也努力讓自己盡可能地保持冷靜。

「……？」

感覺到一股異樣的視線，權澤舟突然轉頭，只見一名警察正直勾勾地死盯著他。難道對方察覺到了什麼嗎？權澤舟不由得心虛了起來。

權澤舟盡量自然地移開視線，但那目光依然像釘子一樣，牢牢釘在他身上，一刻也沒有從他身上離開過。那種長久的凝視讓他感到窘迫不安，似乎隱藏著某種無法解釋的危機感。

審查人員們檢查得十分徹底，連浴室都不放過。他們取下掛在牆上的蓮蓬頭，甚至拆解開來檢查，接著又翻查了地板、床鋪和枕頭，最後才默默離開了包廂。權澤舟不禁長長地吐了一口氣。

就在那瞬間，門再次被推開，剛才那名警察又折返回來。正是方才死死盯著權澤舟不放的人。傑尼亞與權澤舟面面相覷，不明白這是怎麼回事。

那名警察命令兩人靠牆站好。雖然事出突然，但他們沒有必要反抗，也不值得為此引發不必要的騷動。權澤舟和傑尼亞順從地照做。警察首先對傑尼亞進行搜身。他的手迅速地從傑尼亞的肩膀、胸口、腰際一路掃到腳踝，然後翻看了傑尼亞的雙手，這才結束了搜查。

接著輪到權澤舟。他雙手貼在牆上，感覺到警察那明顯的視線從背後緊盯著自己，但他假裝沒有察覺。警察單膝蹲下，從他的腳踝開始檢查，用力地在他的腳踝周圍摸索，然後沿著小腿和脛骨慢慢往上檢查。對方的手在膝蓋、大腿，甚至胯部耐心地碰觸。相較之下，他對傑尼亞的檢查顯得十分隨意，對權澤舟的觸碰則格外嚴密。

隨著手勢越往上，警察的動作變得越加露骨。他像揉捏麵團似的抓著權澤舟的臀部，甚至偷偷將下半身靠了過來。他的手伸至前面，從權澤舟紋理分明的腹肌處撫過，最後更是直接一把握住了他厚實的胸肌。

權澤舟屏住呼吸，目光直視著前方忍耐。或許是誤以為他有反應，警察的手變得更加大膽。權澤舟彷彿聽到背後傳來傑尼亞輕笑的聲音。

「給我……」

權澤舟低下頭，在嘴裡喃喃著。聲音很小，而且是用韓文說的，警察和傑尼亞都沒有聽懂他在說什麼。權澤舟握緊了靠在牆上的拳頭。

「……放手！你這死同性戀！」

權澤舟氣憤之下揪住了那名警察的衣領，掄起拳頭，隨時可能往他臉上揍。警察緊閉雙眼縮著肩膀，準備迎接即將到來的暴力。然而，等了好幾秒，預期中的衝突情況並沒有發生。

警察悄悄睜開眼睛，緊張地吞了口口水，只見權澤舟發白的拳頭在他眼前劇烈顫抖著，差一點就要砸下來。碰上莫名其妙的性騷擾，權澤舟的臉色變得更加陰沉，充滿怒火的眼神彷彿能將人大卸八塊。他皺起鼻梁強壓怒氣，最終只是將那名警察一把推開。被嚇呆的警察當即落荒而逃。

「看來他好像非常喜歡你喔？」

傑尼亞幸災樂禍地笑著，故意刺激還在氣頭上的權澤舟。權澤舟隨手抄起一本書朝他砸過去，傑尼亞輕鬆接住，還將書放回了原位。對上視線，傑尼亞自然不會放過這個繼續取笑的機會。

「那傢伙曲線滿不錯，看起來很有腰身。怎麼不裝作勉為其難地上了他？這段時間你應該積了不少啊。」

「你的姿色也不輸他，沒資格說這種話。」

「咦？難道你喜歡我這種的？」

「少說這種嚇人的話。」

權澤舟咬牙切齒地回應，傑尼亞卻笑得更加欠揍。權澤舟怒瞪他一眼，然後開始整理被弄亂的包廂。

過了一會，列車再次啟動，重新駛上軌道。權澤舟也整理好一切，坐回座位，隨便挑了一本書翻開來讀。

不知過了多久，一陣熟悉的震動聲響起。是傑尼亞的手機響了。傑尼亞看了看來電顯示，隨即拿著手機走了出去。

這已經不是第一次了。每次接到來電，傑尼亞總是會找個理由離開。與任務無關的個人事務確實屬於私生活範疇，但他表現出來的態度卻過於小心謹慎。傑尼亞只和權澤舟分享與任務有關的消息，至於他自己的事則是從未透露過一丁半點。

如果傑尼亞稍微像個正常人一點，權澤舟早就對他失去興趣了。但他這名搭檔偏偏如此神祕莫測，讓人無法不去在意。

「……」

權澤舟放下正在看的書，站了起來，輕輕推開一條門縫，透過那狹小的縫隙向外看。傑尼亞的身影出現在視線的一角。雖然距離太遠，聽不清電話的內容，但傑尼亞凝視窗外的神情異常嚴肅。

獨處時的傑尼亞毫無保留地展現出真實的一面。不知道他在和誰通話，但顯然他已不像在權澤舟面前那樣，假裝自己是一個「好相處的搭檔」。聽不出高低起伏的聲音，板著臉，平時那種玩世不恭的笑容早已消失無蹤。

權澤舟不想和傑尼亞過於親近，他不是個適合深交的對象，越是接近他，越可能被捲入麻煩。權澤舟現在只希望這次的任務能儘早結束，才能徹底斷絕他們之間的關係。

「……！」

正當權澤舟準備轉身離開，才瞥見傑尼亞不知何時已經在盯著他看。措手不及的他就這樣錯過了掩飾失誤的時機。傑尼亞凝視著他，忽然勾起嘴角，露出一抹虛偽的假笑。

權澤舟不悅地瞪了他一眼便轉過身去。

傑尼亞不久便回到了包廂。權澤舟一直苦惱該如何找個藉口解釋剛才的窺探行為，殊不知傑尼亞並沒有質問他為何那麼做，反而還像什麼都沒發生過一樣態度自若。

這讓權澤舟心裡更加不爽快，總覺得自己像是在玩一場對方刻意放水的遊戲。

⌖

自從登上列車以來，已經過了一整天。期間，洪余旭幾乎沒有什麼動作。他離開座位的次數最多也才三四次，而且每次也就短短的五到十分鐘而已。

趁著洪余旭去洗手間的空檔，傑尼亞安裝了監視用的攝影機。不知道傑尼亞把它藏在哪裡，洪余旭完全沒有發覺監視器的存在。如此一來，他們便省去了日夜徘徊在他身邊監視的麻煩。

然而，才剛解決完這個問題，新的問題又冒了出來。

「……啊嗯……嗯！」

傑尼亞的性欲不分時間和地點，隨時隨地都能點燃。今天在他身邊的女人並不是昨晚的那個乘務員，但被傑尼亞頂弄著的她看起來十分眼熟。原來她是權澤舟去監視洪余旭，經過二等艙時常常遇到的乘務員。昨晚傑尼亞還跟負責特等艙的睡，今天就換成了二等艙的。他是不是打算在下車前和所有的乘務員都睡過一輪？

此時才剛過下午三點。權澤舟攤開書，努力集中精神在書本上，但這根本無濟於事。周圍過於明亮，就算他不往那邊看，也能清楚地感覺到近在咫尺的動靜。傑尼亞那傢伙本來就不在乎別人的視線，但女方似乎也拋棄了害臊的心理。

他們越是這樣，權澤舟便越是咬緊牙關忍耐。特意在這狹小的包廂裡做那檔事，簡直就是對他的挑釁。旁人慌亂不知所措的視線或許反倒會煽動那傢伙的興奮之情。不管傑尼亞的意圖為何，權澤舟完全不打算被對方的行為影響。

權澤舟穩住紊亂的心神。幸好書本的內容相當有趣，讓他得以漸漸不再受到干擾。

「哈嗯……呃呃嗯……」

然而，縱情於快感中的這兩頭野獸並不打算就這樣放過冷眼旁觀的目擊者。那個不斷撕扯枕頭、在空中胡亂抓撓的女人撞到了桌子，酒瓶掉落在地，摔得粉碎。裡面的伏特加灑滿了地板，其中一部分還潑到了權澤舟身上。他看了看自己被弄溼的褲子，猛地抬起頭，目光正好與傑尼亞對上。

「……」

「……」

權澤舟一點也不指望傑尼亞會感到抱歉，但對方的反應甚至更加過分——他扯動嘴角，露出一抹冷笑。見權澤舟皺起眉頭，傑尼亞更是伸出通紅的舌頭，緩慢地舔了舔自己的上唇。權澤舟的視線不由自主地跟隨著那抹鮮紅的舌尖移動。似乎察覺到了這一點，傑尼亞臉上出現得逞的笑容。

緊接著，女人的身體癱倒在桌上。她掙扎著想要直起上身，傑尼亞卻按住了她的後頸，托起她的腹部來配合自己的動作。原本勉強用腳尖支撐的女人，此刻雙腿完全離地，在空中晃蕩著。她垂落在桌邊的金髮似乎隨時都有可能碰到權澤舟。就在這避無可避的情況下，傑尼亞的腰桿重新開始了劇烈的聳動。

他動得又快又狠，整個空間都迴蕩著響亮的啪啪聲。很難想像，那是人與人之間交合製造出來的聲音。女人上半身倚靠的桌子搖晃得像是要散了。傑尼亞偶爾猛然深頂時，女人便像要崩潰似的哀叫，整個人狼狽地癱軟。

權澤舟看不下去，終於張開嘴打算說他一句：

「喂……」

「嗚啊啊啊啊……！」

權澤舟抗議不成，說出口的話全被女人的浪叫聲淹沒。傑尼亞頂撞著因極度歡愉而掙扎的女人，盡其所能地抽插那濕潤的下體。女人快要無法呼吸，無助地被壓在桌子和男人之間。這已經超出意志力所能忍受的極限，權澤舟決定要離開這裡。

說時遲那時快，傑尼亞一把抬起女人的上半身。女人寬鬆的上衣前襟大敞，一對白嫩的乳房瞬間映入權澤舟眼中。雖然很快就轉開頭，但那殘影依然縈繞在腦海。權澤舟緊閉雙眼，遏止自己蠢蠢欲動的本能。

「啊嗯……啊呃呃、呃……哈嗯嗯！」

沒多久，女人的身體在一聲聲拍擊下變得僵硬，不知是不是傑尼亞射精了，空氣中瞬間瀰漫著一股腥味。一直在迴避的權澤舟終於抬起了頭，瞪向剛達到高潮、正放鬆下來的傑尼亞。

傑尼亞在這時突然一把拉起身子綿軟的女人，猛然將她扯向自己，下身緊貼上去。衝擊的力量使得女人傲人的雙峰在權澤舟眼前來回彈動。

我的天啊。

「……該死。」

權澤舟倚靠在淋浴間的隔板上，努力調整著呼吸。體內的熱潮集中在一處，使他煎熬難耐。即便他試圖無視這一切，但再怎麼說，他也是血氣方剛的男人。對於女人近在眼前的裸胸，他做不到視若無睹。

他整個腦袋發暈，手掌套弄著通紅男根的動作找不到半點從容。下巴不由自主地使力，緊咬著的牙齒之間不斷傳出磨牙聲。剝開包皮後露出的紅潤肉柱噙著滿滿的考珀液。當他輕輕摩擦鈴口，那些凝結的液體便浸透整個龜頭，變得水亮光滑。每當手指關節刮擦硬挺的性器，權澤舟的全身便感到陣陣酥麻，頭腦混沌，阻礙思考。腦中唯一剩下的只有難以擺脫的灼燒感與越發強烈的肉欲。

他煩躁地打開了蓮蓬頭，冰冷的水流從頭頂傾瀉而下。即便持續沖了很久，也無法完全驅散身上的灼熱感。黑色的頭髮被水浸溼後顯得更加濃密。襯衫完全貼在身體上，凹凸的曲線畢露。光滑隆起的肌肉因期待已久的刺激而不斷蠕動著。環繞全身的曖昧氣息讓他襯衫下的乳頭挺立了起來。

「呃呃……嗚……」

他再次咬緊了牙關，來不及壓抑的呻吟聲從齒縫間洩出。冰水無情地打在身上，讓他起了雞皮疙瘩。失去血色的嘴唇呼出冰冷的氣息，吃力地顫抖著。

即便如此，積累在胯間的熱度依然沒有消退。光是輕輕撫過握在手中的性器，也像是被指甲抓撓一般，火辣的炙熱蔓延全身。膝蓋不聽使喚地哆嗦起來，始終緊繃的下顎也痠痛得厲害。原先銳利的眼神早已成了渙散模糊的樣態。

權澤舟心煩氣躁地甩甩頭，拚命想要擺脫那揮之不去的欲望。扶著牆的手緊握成拳，必須一個人躲起來暗自紓解這點讓他的怒意逐漸上湧。明明早就過了那種隨時隨地都能興奮起來的年紀。雖然偶有性欲高漲的時候，但從未像現在這般無法自制。

權澤舟背脊一陣灼熱，腹股溝內側逐漸擴散的脹麻感讓他的膝蓋不停地顫抖，不靠著牆的話，甚至連站都站不穩。全身奔流的血液開始翻滾沸騰，猛烈地衝擊著血管的每一個角落，最終竄升至頭頂。也許是瞬間的腦壓上升，眼前一陣閃光掠過。冰火共存的感覺迅速沿著脊椎向下滑落。

「哈呃呃、呃呃……！」

頃刻間，權澤舟的腹肌繃緊，已經膨脹到極限的性器吐出了黏稠的精液。向前挺起的肩膀和腰部劇烈發抖。他死命咬牙，生怕聲音會洩露出來，但這一切都是徒勞。達到高潮的男性咆哮違背了他的意志，聲音迴蕩在整個淋浴間。視野瞬間變成一片耀眼的黃光，全身肌肉緊縮，呼吸也在這一剎那停止。

「哈啊……哈啊……」

憋住的氣息一口氣吐了出來。權澤舟的肩膀和胸膛大幅度起伏著，呼吸急促不已。熱氣散去後，一股涼意迅速蔓延開來。腦袋裡像是被倒入了氣泡水一樣，刺刺麻麻的，頭暈目眩。

射精釋放後，寒氣與溼透緊貼在身上的衣服讓他感到極度不適。權澤舟扯開了那些難以脫下的衣服，開始沖澡，徹底沖洗掉身上殘留的欲望痕跡。隨著時間的流淌，眼神漸漸恢復清明，身體裡那令人痛苦的熱氣也徹底消散了。洗完澡的時候，權澤舟已經完全回到了他原本的狀態。

他擦乾了身體，準備離開浴室，腳步卻忽然停頓。傑尼亞正站在浴室門口，也不知是什麼時候來的。他都聽到了？儘管權澤舟感到些許不自在，但也僅此而已。相較傑尼亞的所作所為，自慰根本是再自然不過的健康行為，他毋須感到羞恥或困窘。

權澤舟不管傑尼亞揶揄的眼神，想直接回到自己的座位，傑尼亞卻忽然擋住他的去路。權澤舟打算無視他繞過去，但傑尼亞稍微往後退一步，再次擋在他面前，很明顯是故意的。權澤舟用充滿反感的眼神瞪著他，而傑尼亞像是早就在等著這一刻，露出了一抹笑容。

「不好意思。」

雖然這麼說，傑尼亞的表情完全不像是在道歉。權澤舟無所謂地聳了聳肩。

「我才要不好意思呢，每次都只是一味地接受。」

權澤舟以傲慢的語氣回應，但這對傑尼亞根本不會造成任何打擊。權澤舟無視嘻皮笑臉的傑尼亞，走向床邊，從包裡拿出內褲和衣服。直到此時，權澤舟還是全身袒裸，對於同是男人的傑尼亞，他一點也不感到在意。反倒是每次洗澡或進行性行為時，傑尼亞總是習慣性地遮掩自己的肌膚，這樣的舉動才讓權澤舟感到怪異。

權澤舟把腳伸進內褲，穿到一半，忽然察覺有道專注的視線。他轉頭一看，果不其然，傑尼亞正大剌剌地盯著他。這傢伙就這麼明目張膽地看著，絲毫不覺得心虛，即便被發現了也無所動搖。權澤舟瞅著這個厚臉皮的傢伙，繼續穿上T恤。

「不知道跟男人上床會是什麼感覺？」

傑尼亞突然問道，同時目光停留在權澤舟的胸口。權澤舟神色嫌惡地把捲在腋下的衣服拉了下來。

「我拒絕想像。」

「嗯，果然只會讓人掃興吧？粗獷黝黑的大男人在床上浪叫的樣子，想必一點也不可愛。」

能不能勃起才是重點吧？權澤舟不由自主地想了一下，倏地又回過神來，趕緊搖搖頭，把腦子裡那些開始盤旋的雜念都甩掉。再想下去的話他都要反胃了。

「少說這些噁心話，一點也不好笑。」

權澤舟一臉嚴肅地坐下，順手撥了撥頭髮，開始透過監視器觀察洪余旭。對方依然待在原位。這已經是他第二天看著同一本書了。權澤舟還特地查詢了那本書的內容，但並沒有發現任何值得注意的情報。

到目前為止仍未發現他與波格丹諾夫他們的接觸。雖然偶爾有人和洪余旭交談，但都是些找不到可疑點的簡短對話。洪余旭一直沒有長時間離開過他的座位，也沒有與外界聯繫或使用通訊設備。他到底打算什麼時候、用什麼方式和波格丹諾夫接頭？

權澤舟正專心地盯著監視器，桌上突然發出「砰」的一聲。他瞥了一眼，看到傑尼亞把兩瓶伏特加、兩瓶龍舌蘭和兩瓶干邑白蘭地擺在桌上。似乎是不打算加冰塊，他在自己和權澤舟面前各放了一個空杯子。他還拿出了成為他招牌的手工雪茄，據說是四十週年的限量版，果然從包裝盒就顯得十分高級。

傑尼亞先倒了些干邑，接著拿出一根高希霸雪茄，稍稍將雪茄的末端蘸了一點干邑。他拿起專用火炬打火機點燃雪茄，接著叼住那粗大的雪茄，一連串的動作如行雲流水般自然。隨著輕輕吸氣，雪茄的末端緩緩燃燒，高希霸貝喜奇特有的香氣開始擴散開來。

「這樣抽，風味會更好。」

傑尼亞將他正在抽的雪茄遞了過來，權澤舟也沒特別推辭，乾脆地接過來塞進了嘴裡。濃郁的氣味立刻充滿了口腔，煙霧在口中盤旋，再慢慢滑入喉嚨。瞬間，整個眼睛和腦袋都感到一股嗆辣的刺激感。

傑尼亞看著沉浸在陌生體驗中的權澤舟，又拿出一根雪茄，並幫他空掉的杯子倒入干邑。

「我還以為你是那個圈子的呢。」

「那個圈子？」

「看到裸女也沒反應，我還以為你對女人沒興趣。」

傑尼亞不懷好意地咧嘴而笑。權澤舟看著他，直接把面前的干邑一乾而盡，然後又吸了一口雪茄，無言地撇撇嘴角。

「你怎麼會有那種錯覺？我喜歡的是女人。如果這世界哪天只剩下男人的話，那我寧可守身到底，也休想叫我往那洞裡插。」

權澤舟態度明確地劃清界線，那種事他光想就起雞皮疙瘩。傑尼亞聽了噗哧輕笑，又替他添滿了酒，自言自語般說著：「問題是別人會起反應啊。」權澤舟追問那是什麼意思，傑尼亞卻表示沒什麼，迅速轉換了話題。

「那你喜歡什麼樣的女人？」

「幹嘛？難不成你要幫我介紹？太突然了吧。」

「算是為了避免麻煩？萬一我勾引到你喜歡的女人，這樣不太好吧？」

「麻煩？你這種用下半身思考的禽獸也會考慮這種事？」

權澤舟當面嘲諷，但傑尼亞只是一笑置之。權澤舟搖了搖頭，一口乾了杯中的干邑。他感覺身體開始發熱，還想再喝個一杯，伸手準備自己倒酒，卻被傑尼亞按住了酒瓶。

兩人目光對上後，傑尼亞再度開口要求權澤舟回答他剛才的問題。權澤舟於是不耐煩地隨口回道：

「我喜歡前凸後翹的女人，比起瘦的，更喜歡豐滿有肉的。」

「還真是了無新意。」

「總比來者不拒要好吧？」

「怎麼說我來者不拒，也太失禮。我也不是完全不挑的。」

「被你這種人拒絕，那才是失禮吧。不對，應該說被你拒絕反而更好？」

權澤舟再次嘲諷他，一邊把酒瓶給奪了過來。在他倒酒的時候，傑尼亞開始自顧自地說了起來：

「我最討厭那種糾纏不清的對象。做愛就是要嘗鮮才有意思，跟同一個人做兩次以上的話馬上就膩了。」

不意外啊。像這種女人一天換過一個的傢伙，怎麼可能懂得什麼叫道德節操。不單是傑尼亞，很多人也喜歡一夜情或炮友這種輕鬆的關係。對他們來說，性是為了享受，不想在上面加諸責任這種沉重又老套的枷鎖。話雖如此，多數人還是會維持一點基本的體面，不會像傑尼亞這樣毫無顧忌地暴露出自己放蕩的欲求。

即使權澤舟知道這問題沒什麼意義，還是抱著一絲好奇問出口：

「那你應該沒有和哪個特定對象持續交往過囉……？」

「沒有。」

傑尼亞即刻否認。這代表了他從來沒有真正談過戀愛。確實是很難想像這傢伙會對誰懷抱真心、渴求愛情。參考他過去種種怪異行徑，再努力想像那種畫面，簡直就是恐怖片情節。能獨得他全部關心與愛意的女人？光是想像就讓人不禁替她感到同情和可憐。

「這也難說，假如對方夠強勢，反抗心又強，那麼我會考慮。如果能承受得住粗暴的對待，不會輕易被壓垮，那就更棒了。這樣才能享受以力量壓制對方的樂趣。」

權澤舟越聽越覺得他那高尚的品味令人無法苟同。不過這倒沒什麼好驚訝的，他本來就不太相信像傑尼亞這樣的人會對某一個人投入真感情，繼而組建家庭。那種平凡而正常的生活根本就不適合他。但凡他是個正常男人，根本就不會出現在這裡。

當然，權澤舟自己的處境也好不到哪裡去。也不告訴對方自己做什麼工作，幾乎沒有休假，一天到晚都在出差，誰會想嫁給這種男人？看來母親的心願終究是無法實現了。光是找份穩定的工作就已經辦不到了，要建立和睦的家庭似乎更是遙不可及的白日夢。

「聽說韓國人就算長大成人也離不開自己的父母，真的是這樣嗎？」

傑尼亞突然將話鋒一轉。似乎見權澤舟的反應始終平淡無奇，他也對討論異性的話題失去了興趣。但即便如此，這個問題實在相當突兀。權澤舟疑惑地看過去，傑尼亞則輕輕用下巴朝著他撇去。

「你不是經常打電話向母親報備自己的一舉一動？」

「還以為你想說什麼。這有什麼好奇怪的？」

「如果你承認自己是個媽寶，那確實是沒什麼好奇怪的。」

「只是我媽比較愛擔心罷了。」

權澤舟無奈地嘆了口氣。他從來不會跟別人提起自己的家務事，就連林部長也只是從他的隻言片語中推敲出一些端倪罷了。

但自己現在怎麼會對著傑尼亞吐露心聲？並不是因為喝了酒的關係，或許是知道這次任務結束後就不會再見到這傢伙了，心裡才默許了這樣的坦白。萬一真是如此，也只能說是潛意識中的不負責任想法在作祟。

「外公、父親、哥哥……母親這輩子最重要的家人都是軍人。這三個人像是約好了一樣，全都因公殉職。如今在她身邊唯一的親人只剩我一個，想也知道她會有多擔憂。她還說，韓國的交通事故發生率那麼高，要我最好連方向盤都別碰。自從父親過世後，這種情況就一年比一年嚴重。尤其在哥哥走了之後，我甚至無法隨心所欲地外宿。」

本以為傑尼亞會認為他在說笑，未料到傑尼亞的表情卻變得十分嚴肅。

「反正，所有人終將一死。」

這是在安慰人嗎？這傢伙到底是吃什麼長大的，怎麼會沒有半點正常人的思維。若是對一個為兒子擔心到夜不能寐的母親說「反正所有人終將一死」，她最好是會因此感到高興。看著這個思維、行為和情感都異於常人的傢伙，不禁讓權澤舟對他的家人產生了好奇。究竟是在怎樣的父母之下成長，才會養育出在情感方面如此匱乏的一個人？

杯子已經空了。權澤舟等了一會，但傑尼亞只是呆坐著，沒有任何動作。雖然也可以像之前一樣自己倒酒，但權澤舟並沒有這麼做。他用空杯子輕輕敲了敲桌子，傑尼亞於是恍然大悟，「哦」了一聲，然後幫他的杯子斟滿了龍舌蘭。權澤舟將那杯酒一口氣喝光，舔了舔手背。那不夠清爽的尾韻讓他不禁咂了幾下嘴。

「少了點檸檬，真是可惜。」

「哦？原來你喜歡那種喝法？早知道的話，我就提早幫你準備好女人和檸檬了。」

傑尼亞不知道聯想到什麼，笑得有些曖昧，說著還一邊撫摸著自己的鎖骨。

「那就不用了，還是說說你自己的事吧。」

「要說什麼？」

「那些老套的話題啊。譬如家庭關係，興趣愛好之類的。」

「好啊，如果你想聽的話。我有不少兄弟姊妹，所以不用特別迎合古怪的父母。無聊的時候我會找女人，沒有那種偷窺別人然後自慰的猥褻癖好。」

傑尼亞接二連三地嘲弄權澤舟後，臉上露出了滿足的表情。權澤舟也回了他一個虛情假意的微笑。

「你父母知道你在外面是這種樣子嗎？」

「我怎麼了？」

「看不順眼就把人給殺了。」

「你可能有所誤會，我可沒濫殺無辜。我不是說過，除了正當防衛，我是不會隨便動手的。」

「少來了，你那明明是過度防衛。」

「既然那些人想要對我造成實質的傷害，我這當然算是正當防衛。要是我不夠強，那麼死的人就不是他們，而是我了。」

可惡的是，這傢伙還裝成無辜的受害者，彷彿他會出手真的是別無選擇。只不過是有人稍微吵了一點，或者跟蹤了他一下，他就直接除掉對方，還說這是正當行為，根本是強詞奪理。照這樣的邏輯，他甚至可能會因為有人踩了他的影子就出手滅口。

權澤舟狠狠地咂嘴，但他不打算浪費時間對這種人進行無效的說教。只要這傢伙不對自己造成直接的威脅，去哪裡做什麼也都與自己無關。嘮叨畢竟是在乎一個人時才會有的愛情表現。

趁著氣氛還算融洽，權澤舟決定嘗試進行一次更真摯的對話。

「我看你根本也不缺錢，為什麼要參與這些事？」

「我之前不是已經跟你解釋過了？」

「是啊，你說過參與這一切純粹是為了那張設計圖。得到它之後，你就能開發出前所未有的武器，順理成章地賺得口袋滿滿。但我越想越不明白，即使沒有設計圖，你似乎也早就坐擁不少財富了。」

「錢，當然是越多越好。」

「反正人死之後什麼也帶不走不是嗎？難道你以為你能長生不老？還是你已經瘋狂到即使把國家賣了，瀕臨危險也無所謂，只要能賺錢就行？」

「沒想到你對我這麼有興趣？」

「我只是從來沒遇過像你這樣的類型。通常至少能猜出來某些人是因為哪些動機，但對你，我完全無法捉摸。一個錢多到用不完、什麼都不缺的瘋子，為什麼要做出這種……啊，抱歉，不小心說出真心話了。」

明明說他是「有錢的瘋子」，傑尼亞不但沒有生氣，反而咧嘴笑了起來。他對權澤舟的疑問也回答得很隨意。

「因為感覺很有趣啊。只要覺得有意思的事，我就先做再說。可惜的是這樣的機會不多而已。」

這又不是什麼極限運動，面對這種隨時會有生命危險的局面，居然還能用有趣來形容。不如說他是為了錢，單純為了瘋狂賺錢而加入這個計畫，反倒還更像個正常人。雖然對於這種把人命視若草芥的傢伙，也不用對他有什麼人性可言的期待。

傑尼亞稍微調整了一下坐姿。他的頭髮在燈光下閃耀著光澤，比金髮還亮，比白髮更黃。稍微動一下就會折射光線，讓人忍不住多看了幾眼。

「意外的是，聽說俄羅斯人裡金髮的並不多。你的髮色是遺傳的嗎？還是染的？」

權澤舟不自覺地盯著他的頭髮看了許久，隨口問道。傑尼亞頓時向前傾身，那一頭天生的白金色頭髮整個占據了權澤舟的視野。

「我家沒有人有這種髮色。我是個突變。你要摸摸看嗎？」

「不用了。」

被權澤舟斷然回絕，傑尼亞發出豪爽的笑聲，身體也向後靠了回去。

雖然沒聊多久，但窗外天色不知不覺已經漸漸暗下。在這封閉的空間裡度過的一天總感覺比平時要長得多，今天卻是個例外。也許是因為從早上起發生了太多事，再加上酒精作祟，讓權澤舟始終緊繃的神經漸漸放鬆，身體感官也隨之懈怠。

傑尼亞不知何時又將權澤舟空掉的杯子倒滿了酒。從某個時刻開始，權澤舟的酒杯就一直沒有空過。

「你酒量不錯？」

「不曉得，我從來沒醉過，所以不知道自己能喝多少。不過，這點酒對我來說不算什麼。」

「是喔？」

傑尼亞假裝懷疑，故意用挑釁的語氣激他。不過權澤舟並沒有被這種低級的伎倆影響。縱然在傑尼亞戲謔地注視下，他依然保持著自己的節奏，慢慢地抿著酒。權澤舟討厭喝醉酒後失去防備的狀態。在其他人面前還無所謂，但跟傑尼亞在一起，自己絕不能先醉倒。冥冥之中就是有這種感覺。也許根本不會發生什麼事，這些戒心都是多餘的，是場無謂的心理戰而已。但就算如此，權澤舟仍不願在不信任的人面前露出破綻。

他們之間沒有進行什麼有意義的對話，只是一次又一次地將杯子倒滿，再次飲盡。就像是一場比賽誰先倒下的無聊遊戲。雖然現在放棄也不會怎樣，但權澤舟還是希望能順便把傑尼亞灌醉，或許就能解開他心中長久以來的疑慮了。

隨著舌頭味覺逐漸變遲鈍，開始嘗不出酒特有的苦澀。那股特殊的香氣和風味也一樣消失不見，彷彿只是在喝水。體內極其渴望補充水分的緣故，他不知不覺喝下了大量的酒。但權澤舟的意識並沒有輕易被酒精侵蝕，畢竟他本來就很能喝。問題是他對面的傑尼亞也跟他一樣喝不醉。

從某一刻起，權澤舟的視線逐漸模糊。傑尼亞也不再清醒。兩人有時甚至會把酒倒到杯子以外的地方，灑得滿桌都是，地毯和他們的衣服都溼了一片，地上隨意散落著空酒瓶。這已經是他們純飲的第五瓶了。醉意漸濃，情緒也隨之放縱。他們像在比賽一樣，不停說著無厘頭的笑話，拍著桌子，像個瘋子一樣咯咯笑個不停。還會突然打開窗戶，朝窗外大喊大叫。如果是在清醒的狀態下，絕對不會做出這些行為，卻在理智失控後隨心所欲了起來。

「林部長要是看到我們這副樣子，一定會氣到中風。」

權澤舟傻笑著喃喃自語道。他一邊幫自己的杯子倒酒，一邊疑惑地歪了歪頭。四周變得寂靜無聲，除了列車車輪在軌道上滾動的規律聲響，周圍一片安靜。好像唯獨權澤舟一個人在說話。直到酒溢出杯沿，溼透了自己的膝蓋時，他才意識到傑尼亞已經沉默下來了。

抬起頭，他看到傑尼亞抱著胳膊，閉著眼睛。平穩的呼吸、規律起伏的胸口、靜止的眼皮，這些都證明他已經睡著了。權澤舟伸出手，像是要往他的眼睛戳過去，但傑尼亞毫無反應。噗哧。權澤舟的嘴角浮現出滿意的笑容來。

「就這點酒量……真是個少爺，少爺。」

他搖著頭嘲笑傑尼亞。雖然他們沒有在比拚酒量，但想到自己贏了傑尼亞，權澤舟就不由得感到得意洋洋。這種飄飄然的自信感應該也是醉意所致。

權澤舟像是在為自己慶祝似的，舉起一杯斟滿的伏特加。杯中的酒晃動著，有一半濺了出去，端著杯子的右手也溼透了。他搖搖晃晃地把杯子舉到嘴邊，剛好一口氣將剩下的一半伏特加倒入口中，酒瞬間充滿了他的口腔。

搖搖晃晃的權澤舟身體就這麼癱倒下去，「哐」的一聲，上半身重重地趴在了桌上，握著酒杯的手也無力地垂落。

包廂裡一時之間沒有任何動靜。過了半晌，權澤舟開始發出均勻的呼吸聲。他已經整整一天沒能安穩睡個好覺，再加上酒精的作用，終於完全睡死過去。他趴伏的背部隨著呼吸，一上一下緩緩地起伏著。

「……」

不知過了多久，坐著睡著的傑尼亞睜開了眼。不知為何，他的眼皮毫無阻礙地睜開，好似從未真正睡著，也像是從未醉過。那沒有感情的雙眸專注地凝視權澤舟，眼神沉著而寧靜。

傑尼亞拿起未抽完的手工雪茄，雪茄的末端已經被燻得焦黑。他用雪茄剪將那部分乾淨俐落地剪掉，然後打開打火機，將平整的切口處重新點燃。雪茄迅速燃燒，濃郁的煙霧升騰而起。在這過程中，傑尼亞的目光始終固定在權澤舟身上，確切來說，是在看著權澤舟向他伸出的手。

他習慣性地按著雪茄剪，兩片刀刃相交錯，發出金屬摩擦的聲響。傑尼亞修長的白皙手指，輕輕撫摸著權澤舟的手，仔細描摹著他手上各處的弧度與筆直的指節。他微微側過頭，手上的雪茄剪依然在他另一隻手中悚然地發出「喀嚓、喀嚓」的聲音。他用食指輕輕撩起了權澤舟的無名指，白皙的臉上綻放一抹陰森的微笑。

抬起沉重的眼皮，熟悉的景象映入了傾斜的視野中：位於正前方的包廂出入口，列車行駛的噪音，還有臉頰緊貼桌面的冰冷觸感。隨著感官一一甦醒，權澤舟這才意識到臉頰上的溼潤，而之前未曾察覺的干邑酒香也瀰漫開來。

他呻吟著撐起上半身，臉頰貼著的桌面滿是酒跡，自己的模樣有多狼狽更是不必多提。他抹了抹溼漉漉的臉，環顧四周，卻不見傑尼亞的身影。稍一動身，便踢到了腳邊遺棄的酒瓶。傑尼亞既然比他先醒，至少也該把這些東西收拾一下。剛產生的這點不滿隨即消散——對傑尼亞這傢伙，竟然還期待什麼人性或最基本的禮貌，實在太可笑了。

他粗略地將空酒瓶和酒杯推到一邊，準備走向浴室，這時才聽到從裡面傳來的水聲。是傑尼亞嗎？可能這傢伙也才剛醒吧。

全身的黏膩感讓他只想先洗個澡，在不得不放棄這個念頭後，他撲通倒到床上。大概是久違的痛快豪飲，身體像被狠揍了一頓似的，渾身上下都使不上力氣。整個人彷彿和床融為一體，不斷沉入無底的深淵。

浴室裡的水聲一直沒有停下來，水流規律地落在地面上，像催眠曲一樣讓人昏昏欲睡。他還未完全甦醒的眼皮開始沉重，不斷闔起又掙扎著睜開，耳邊的聲音也越來越遙遠——又要睡著嗎？但心裡閃過的責任感提醒他，不應該這樣怠慢職責。然而他還是無法抵抗襲來的睡意，沉重的疲憊感再度席捲而來。

半晌後，浴室的門打開了。奇怪的是，水聲卻沒有停下。此時權澤舟的意識已經越來越模糊，像是逐漸沉入深海，而身體則像漂浮在半空中一樣，這種感覺異常怪異。

溼滑的腳步聲越來越近，瞬間，一道巨大的陰影籠罩了躺在床上的權澤舟。他意識到自己應該馬上起來，卻發現身體根本無法動彈，僅是眉頭微微皺了皺。

感覺到右臂不由自主地被抬了起來，冰冷的長指輕輕劃過他的手背，滑過他的指縫。就像被蛇信舔拭過一般，令人不寒而慄。

「愚蠢的小兔子(зайка)[4]。」

諷刺的聲音在耳邊迴響，那是傑尼亞的聲音。雖然他的呼吸中夾雜著一絲笑意，但

4 小兔子（зайка）：俄文中「зайка」（羅馬拼音：zaika），意思是「小兔子」。常用來作為親暱的稱呼。

周圍的空氣卻不溫暖，反而讓人凍得毛骨悚然。被輕撫過的手只剩下無名指還被緊緊地握著，力道強得讓人根本無法反抗，甚至全身像被鬼壓床一般動彈不得。本能的警報聲在腦海裡瘋狂響起，危險的信號如同刺耳的警笛般不斷迴盪。

喀嚓、喀嚓。熟悉的聲音在他昏沉的耳畔響起，那是來自某個逐漸靠近的東西，而他的無名指正被拉入那聲音的來源中。他想逃脫，想要甩開這股力量，但傑尼亞絲毫不打算輕易放手。傑尼亞低頭，目光森冷地俯視著不斷掙扎的權澤舟，眼睛忽然溫柔地彎了起來。就在同一時間，那銜著權澤舟無名指的雪茄剪喀嚓一聲剪下。

不可以！

「……呼！」

權澤舟猛地從床上坐起，視野突然變開闊，耀眼的光線瞬間湧入，讓他幾乎無法承受。他的眼睛刺痛，不得不重新閉上眼皮，雙手按住發暈的頭，努力平復呼吸。隨著時間的推移，光線的散射減弱，他的視力漸漸恢復正常。

他顫抖著舉起雙手，兩手的十根手指都完好無損，甚至包括傑尼亞曾經偷襲的無名指也安然無恙。

是夢嗎？情境太過真實，以至於他仍感到難以置信。他環顧四周，依然是那張凌亂的桌子、地板上散落的酒瓶，以及凌亂的床鋪，和夢裡所見幾乎一模一樣。就連臉頰上印著的酒痕也讓他感到似曾相識。要說有什麼不同的話，那就是桌角堆滿了雪茄灰，顯然有人在這裡坐著抽完了一整支雪茄。

傑尼亞是去哪了？權澤舟看了看時間，已經到了吃早餐的時間。傑尼亞或許像往常一樣，自己先去餐廳了，也有可能是乖乖去監視洪余旭的動向。

權澤舟一邊胡思亂想，一邊慢慢站起身來，腰部以下突然傳來一股沉重感。他低頭一看，不禁倒抽一口涼氣。

「這是……」

他的重要部位竟然脹得鼓鼓的。明明早已過了夢遺的年紀，大清早的怎麼會如此興奮？昨晚也只是作了那個荒謬的手指被剪掉的噩夢而已。雖說除了性快感之外，極度的恐懼和緊張也有可能引發勃起，但他沒想到會親身經歷這種情況。昨晚才剛自行解決過，今天早上竟然又得再來一回了。

看著自己不聽話的分身，他不由得想起了昨晚的夢境。儘管他從不相信什麼預知夢那類的荒誕迷信，但不得不承認，作了一個讓人不安的夢境，醒來後的心情也不會好到哪裡去。也許，他應該先去洗個澡，讓自己冷靜下來，順便壓下這莫名的欲望。如果這副模樣被傑尼亞撞見，他保證這傢伙一定會取笑他一整天。

就在這時，原本安靜的浴室裡突然傳來水聲。

權澤舟嚇得猛然一顫，立即朝浴室望去。是傑尼亞嗎？想來想去也只有他會在那裡，權澤舟的心跳卻開始不由自主地加速。那種強烈的既視感再次湧上心頭，眼前的場景幾乎與夢境如出一轍。

「……！」

權澤舟先強迫自己冷靜下來，心裡反覆告訴自己，那不過是一場夢罷了，只是人類無意識中產生的幻象。這樣說服自己後，他靜悄悄站起身，手中握住的，正是他的柯爾特手槍。夢境歸夢境，在現實中保持謹慎總不會錯。

雙手緊握著槍，權澤舟小心翼翼地朝浴室走去。水聲依然持續著，並且能感覺到有人在裡面活動的動靜。

他緊盯著浴室的門把手。要打開嗎？真到了該行動的時刻，他內心卻充滿了猶豫。想像一下，自己這副剛醒來的模樣，闖入他人極為私密的空間，還拿槍指著對方，要是被傑尼亞看到這滑稽的場面，恐怕會成為他一整年的笑柄。權澤舟站在門前苦思惡想，內心掙扎著是否應該打開這扇門。

包廂門毫無預警地被打開，權澤舟嚇得回頭一看，只見傑尼亞從包廂外走了進來。兩人的目光瞬間交錯，時間在這一刻凝滯。

「你在幹嘛？這麼鬼鬼祟祟的？」

傑尼亞立刻半瞇著眼睛質問道，顯然對權澤舟的舉動產生了極大的誤解。權澤舟一時之間找不到合適的藉口來解釋。難道要說自己作了一個奇怪的夢，夢中的事情似乎成真了，所以他才採取了這種防備措施？要這樣的解釋的話，還不如不說。

然而，此刻他真正擔心的是，傑尼亞就站在他面前，那浴室裡的人又會是誰？權澤舟沒辦法說明，只能頻頻撇頭示意浴室的方向，用嘴型告訴對方裡面有人。浴室裡的水聲恰好在這時戛然而止。權澤舟立刻往後退了幾步，平舉雙臂，將黑漆漆的槍口直指浴室緊閉的門。

傑尼亞則只是靜靜地看著他的舉動，接著什麼話也沒說，徑直走向浴室，毫無遲疑地一把打開了那扇緊閉的門。

「……！」

權澤舟反射性地半扣扳機，但最終還是沒有開槍。

「啊，嚇我一跳。你來啦？多虧你我才能這樣悠閒地洗個澡，謝謝。」

從浴室裡出來的竟是一名赤裸的女人。傑尼亞順勢摟住她的腰，一邊按下了權澤舟手中的柯爾特手槍。而那女人也毫不避諱，親暱地抱住了傑尼亞。她乍看像是來自歐洲的遊客。很顯然，傑尼亞這傢伙又利用車上缺乏的淋浴設備為餌，將她騙到了這裡。

傑尼亞溫柔地將那女人推回浴室裡，隨著「啪」地一聲，門關上了。包廂內只剩權澤舟一個人孤零零地站著。不久，狹小的浴室開始搖晃作響。潮溼的霧氣使得女人的呻吟聽起來帶著模糊的回音。

權澤舟無奈地站了一會，將手槍隨意扔到床上。他瞥到桌上有傑尼亞帶回來的三明治，不知道是不是打算和那女人一起吃的。權澤舟抓起三明治默默地啃了起來，無言地瞪著窗外。和這種禽獸般的人一起生活，實在是每天都在煎熬中度過。

「啊。」

權澤舟冷不防地看向自己的褲襠處，發現不知何時分身已無精打采地垂落。但那股脹痛感依舊存在，大概只要稍加刺激就會馬上重新抬起頭來。

權澤舟怒瞪著自己胯下那不爭氣的傢伙，然後拿枕頭來用力地壓住它。他故意打開窗戶，讓列車的吵雜行駛聲切碎浴室裡面那淫靡的聲響。

女人的名字是露易絲，法國人，馬上就要結婚了。她說這趟旅程是為了享受最後的自由，才獨自一人出來旅行。她已經去了離自己生活圈最遠的地方，包括非洲和亞洲的許多國家，現在的目標是從俄羅斯一路玩回去，遊覽相對熟悉的歐洲各地，找尋自我。等她完成這次旅程回到法國後，隔一週就是她的婚禮。她也提到已和未婚夫達成了共識，或許他也像她一樣，在婚前享受著最後的單身生活。

露易絲在吃完早餐後也沒有離開，整個上午都賴在傑尼亞的床上睡覺，直到下午她才悠悠轉醒。醒來後還挽著傑尼亞的手臂，撒嬌似的要求一起去餐廳。令人意外的是，傑尼亞竟然順從地答應了她的請求。他聲稱自己從不和同一個對象上床，沒想到這次似乎為露易絲破了例，看來是對她頗有好感。早早吃過晚餐回來，露易絲喝著啤酒，開始講述她的故事。權澤舟這才從她的口中得知了更多有關她的細節。

只要傑尼亞不在，露易絲總是對權澤舟表現出很大的興趣。每次權澤舟一抬頭，就會發現她正直勾勾地看著自己。笑咪咪地主動開口攀談的也總是她。

「你一直在看書，是什麼書啊？」

「只是一本普通的推理小說。」

「看來你滿喜歡這類書籍？」

「其實是喜歡找出作者那些粗糙荒誕的謊言破綻，這才是樂趣所在。」

權澤舟不情願地隨口回應，露易絲聽了卻咯咯笑了起來，接著又繼續目不轉睛地望著他。

「無聊的話要借一本去看嗎？」

權澤舟毫不猶豫地將自己正在看的書遞了過去，此舉明顯在劃清界線，表示自己不會參與露易絲的玩火遊戲。雖說他們之間的關係沒有情感上的牽連，就算發生一夜情也不會造成任何影響，但在這種情況下還會選擇抽身的男人能有幾個？大概是少之又少。

「女人對那些不理她們的男人反而更有興趣，很奇怪對吧？」

權澤舟沒有回應，只是默默看著她，兩人的眼神頓時糾纏在一起。

過了一會，門突然被打開，傑尼亞走了進來。昨晚都已經喝了那麼多，他手裡竟然還拎著一瓶酒。露易絲隨即轉身，像是完全忘了權澤舟的存在一樣，主動抱住傑尼亞，在他脖子獻上香吻。見狀，權澤舟笑了下，隨即低下頭繼續看他的書。

「要不要一起？」

傑尼亞驀地開口提議道。權澤舟皺起眉頭看向他，帶著一絲不敢置信的神色。而傑尼亞像是讀懂了他的疑惑，點頭肯定他心中的猜測。光裸著身子的露易絲也緩緩從傑尼亞身下抬起頭來，雙頰泛著微醺的紅暈。

「我沒問題喔，我早就想試試了。」

露易絲的手搭上權澤舟的手臂，隱約向他發出邀請。這兩人對他提出的並不是一起拚酒的挑戰，而是像他們一樣，赤裸下身，與他們一同沉迷於肉體的交流。他不禁懷疑，這兩人是不是偷偷嗑了什麼藥，否則怎麼會無緣無故想把無關的他也牽扯進去？

權澤舟與傑尼亞的目光在空中交鋒。

「你又不是什麼苦行僧，潔身自愛給誰看呢？」

傑尼亞那輕蔑的笑容令人感到十分不快。兩人對峙的期間，露易絲的手已經悄悄滑進了權澤舟的袖口，帶著挑逗的意味撫摸著他。儘管主動誘惑的人是露易絲，權澤舟的目光卻始終鎖定在傑尼亞身上。傑尼亞再一次露出了那種嘲諷的微笑，明顯是在挑釁權澤舟，似乎因篤定他會拒絕而故意試探。忍耐也是有限度的，一直這樣放任下去，根本沒完沒了。

權澤舟終於下定決心。最近確實一直為欲求不滿所苦，或許這也是個發洩的好機會。

他於是一邊解開襯衫的鈕釦，一邊冷靜地宣告。

「那我要先來。」

「哦？」

傑尼亞露出意外的表情，但隨即二話不說讓開了位置。露易絲紅著臉仰頭望向權澤舟。對她來說也是第一次與兩個男人同時發生關係。更何況，這兩個男人不僅外貌條件優越，風格也截然不同，這恐怕是個千載難逢的機會。她不明白一直以來對她毫無反應、像塊木頭一樣的權澤舟，為什麼會突然改變心意，但能夠讓如此木訥的男人淪陷，她的內心激動不已。

權澤舟一脫下襯衫，露易絲彷彿等不及似的摟住了他脖子。權澤舟抱起她，將她輕輕放在自己床上。露易絲順手把床上礙事的書全推到地板。傑尼亞則在對面床鋪坐下，交叉著雙臂看著眼前這一幕。

露易絲的嘴唇輕輕吻著權澤舟的耳朵，同時用手慢慢撫摸著他結實的肩膀。她的指尖滑過他光滑的鎖骨，繼續探向他的胸膛。權澤舟渾身肌肉緊密而結實，卻又因手腳修長而顯得纖瘦勻稱。

露易絲的眼神在權澤舟身上游移著，忽然猛地銜住了他的喉結。甜美的吐息聲從口中溢出。權澤舟默默聞著從她身上飄來的馨香，然後輕輕托起露易絲的腰，使她身體緊貼在自己的腹部。隨後，他溫柔地將她散落的髮絲撥至耳後，輕咬一口她柔軟的耳垂。露易絲像是已經融化了一半，興奮地發出微弱的呻吟。權澤舟的唇靠近她發燙的耳邊低語，溫熱的氣息拂在她耳際。

「妳會後悔把我扯進來的，我在床上一向不太憐香惜玉。」

「……啊！」

露易絲發熱的身子一下子被翻轉，整張臉埋進軟綿綿的枕頭裡，屁股被迫翹高。權澤舟發硬的性器磨蹭著她柔軟無比的下體，長期靠著手淫來滿足的性器久違地嘗到真正的肉體滋味，明顯亢奮地跳動。露易絲的脊骨線條頓時變得鮮明起來，她因緊張和期待而一把抓住權澤舟的大腿。

「等、呃啊……」

還沒來得及阻止，發硬的性器便生生撞進她體內。幾乎沒有前戲的無情進入逼得露易絲倒抽一口氣。權澤舟按住吞吐著碩大而顫抖不已的雪白胴體，連根推入，隨後發出兩具肉體交合的聲音。

傑尼亞的嘴角上揚。就連他也不會進行如此蠻橫的性事。必要的話，他會吸吮胸乳，使下體充分放鬆，等女人夠溼了才進入。忍耐的過程是為了享受之後的愉悅，這也是人類交歡與動物交配時的不同之處。

可是權澤舟只專注於插入本身，省略了所有的過程。無異於動物交媾的性行為與她原本幻想的異國浪漫邂逅相去甚遠，讓這名懷抱著期待的女人瞬間崩潰。

權澤舟毫無保留地衝撞著露易絲，混雜痛苦與快感的呻吟聲不斷從她口中湧出。隨著動作加快，權澤舟的呼吸也越發急促。他眉頭緊鎖，汗水迅速浸透了全身，健壯的肌肉在汗水的映襯下顯得更加光滑。

傑尼亞悠閒地啜飲著酒，欣賞著眼前的畫面。他的視線始終停留在權澤舟壓下身體時那自然收縮的臀肌上。有這樣的美景相伴，酒也能一杯接著一杯下肚。

權澤舟的齒縫中傳出磨牙的聲音。他低下頭，不斷加快腰部的動作，即便咬緊唇瓣也無法抑制住從喉嚨深處湧出的呻吟與急促的呼吸。他的身體閃著光澤，肌肉在劇烈運動中一次次收縮，細微的顫動也清晰可見。與其說是性行為，這更像是一場展現力與美的運動。也許正因如此，傑尼亞看到一半，連喝酒都忘了喝，目光緊緊鎖在眼前的激烈畫面上，全神貫注地投入其中。

權澤舟的下巴上滲出一層厚厚的汗珠，舔起來感覺會有濃烈的鹹味。他那原本深邃無比的瞳孔，此刻隱含著一股熱氣，微泛紅的眼角顯得格外妖艷。

傑尼亞身體微微前傾，目不轉睛地注視著權澤舟。他膨脹的大腿肌時時刻刻因為顫慄而不由自主地抽動，那結實飽滿而富有彈性的模樣，讓人無法一手掌握。他寬闊的肩膀、光滑的腰身，以及修長筆直的四肢，組成了一副幾乎沒有任何柔和曲線的體格。從背後看過去，這副身體充滿了力量和堅硬的線條感。或許正因如此，傑尼亞的目光自然而然地滑向了細腰下方的渾圓曲線。向上隆起的臀肉淌著汗水變得閃閃發亮。大力捏下去不曉得手感如何。執著的目光不停地在溝壑的陰影處徘徊。

「呃、哈啊……」

權澤舟再次低頭，緊咬臼齒，端整的額頭上爆出一條青筋。可能是因為汗水的緣故，他的眉毛和睫毛看起來比平常更為深邃。原本毫不留情的下半身動作明顯緩了下來，相反，腰部則下頂得更深、更流暢。傑尼亞盯著他每一次「啪啪」肏幹時搖擺的屁股，感覺下顎莫名一陣發麻。

即使發現酒杯已經空了，傑尼亞的目光仍完全被權澤舟吸引。他那蹙起的眉頭、因使力而微微顫抖的指尖、緊抿的嘴唇，還有從唇縫間痛苦擠出的呻吟，這些細節都一一刻印在傑尼亞的腦海裡，不放過任何一個細微的動作。他如果不是用眼看，而是用舌頭舔拭，權澤舟大概早就被溼滑的口水浸透了。

「好棒、呃、啊嗯、哈啊啊、哈啊啊……！」

「……咯呃呃呃！」

下一秒，權澤舟下身狠狠一頂，始終壓抑著的呻吟有如野獸吼叫出聲。登頂的性器一口氣爆發，臀部也跟著一陣緊縮。

傑尼亞的眼睛閃著奇異的光芒，突然伸手朝權澤舟的屁股摸去。這完全是不假思索的行為，純粹由本能驅使的反應。指尖才剛觸碰到那圓潤的隆起，手臂就被猛然攫住。傑尼亞傻愣愣地抬起頭，只見權澤舟正喘著粗氣，眼神淩厲地瞪著他。

見到權澤舟皺起鼻梁的不悅神情，傑尼亞才倏地回過神來。他低頭怔怔看著自己的手，內心感到有些困惑。什麼不好摸，竟然去摸一個大男人的屁股？這實在太荒唐了，傑尼亞忍不住輕笑出聲。男人的屁股有什麼了不起的，竟會讓他如此失控，看到整個人都口乾舌燥了起來。

「再敢給我亂搞小動作，到時我就宰了你。」

權澤舟毫不客氣地放話喝斥，隨後便大力甩開傑尼亞那隻不安分的手。傑尼亞不禁自嘲地大笑了起來。

射過一次後，權澤舟便毫無留戀地放開了露易絲。露易絲已經累得筋疲力盡，暫時不得動彈。權澤舟一手拿起整瓶伏特加，雖然這並不能真正解渴，但他還是毫不猶豫地咕嚕咕嚕大口灌下。部分液體順著他的下巴滴落，沾溼了脖子和胸膛。

權澤舟喘了口氣，背靠著牆坐了下來。露易絲這時輕輕挪動身體，將頭靠在他腿上。權澤舟沒說話，只是將伏特加遞給了她。

然而，就在露易絲正要接過酒瓶的瞬間，她的身體突然被拖走。原來是傑尼亞抓住了她的腳踝，將她從權澤舟身上拉開。

「啊啊……就十分鐘，讓我休息個十分鐘再做吧。」

露易絲擠出沙啞的嗓音，那語氣既像是哀求，又像是在撒嬌。但傑尼亞只是邪笑著，毫不留情地繼續把她拉向自己。露易絲再次央求給她十分鐘的緩衝，但當傑尼亞突然一口咬住她的胸脯時，她終於放棄了抵抗，笑著妥協。傑尼亞用舌頭緩緩舔掉沾在她側腹的精液，她因癢意而咯咯笑了起來。目睹這一切的權澤舟卻不自覺地皺起了眉頭。霎時，傑尼亞對上他視線，臉上浮現了明顯的戲謔笑意。

權澤舟選擇無視，故意不做出任何反應。他想著是不是該趁那兩人辦事的時候去洗個澡，洗完後應該會變得清爽許多。至於接下來，隨便他們兩個是要徹夜打炮還是玩其他花樣，自己只要能好好睡一覺就行了。這種瘋狂的遊戲他最多就奉陪到這裡了。

正當權澤舟準備起身時——

「……呀啊！」

露易絲小小叫了一聲，直接摔倒在權澤舟身上，幾乎像是被人扔過來的一樣。權澤舟措手不及之下本能地抱住她。稍後才反應過來到底發生了什麼事。

原來是傑尼亞突然將露易絲推向權澤舟，並抬起了她的腿，這動作讓露易絲的身體重心徹底倒在權澤舟身上，讓他無法隨意行動，被迫困在原地。

傑尼亞將露易絲的身體折成一半，立刻將猙獰的性器插入她的體內。他的碩大在露易絲下體開鑿，被墊在下方的權澤舟同樣也感受到了那股壓迫感。真不知道這個瘋子在想些什麼。

「啊嗯……啊……哈啊嗯……啊、哈啊！」

被搗碎的呻吟在權澤舟耳邊響起。每當露易絲全身掙扎時，震動也會傳遞到他身上。傑尼亞狠狠抵至最深處，大腿磨蹭到了露易絲的屁股時，權澤舟的肩膀不禁一縮。傑尼亞將自己的性器直插到底，調整了下呼吸，也許是因為角度的關係，他的肩膀顯得特別寬大魁梧。

難道他打算就這樣做嗎？不祥的預感使得權澤舟的瞳孔顫動。幾乎在同一時刻，傑尼亞的嘴角也綻放出會心的莞爾微笑。權澤舟慌忙地想要把露易絲從身上推開，但傑尼亞連一點短暫的空檔也不給。他一口氣向後退開來，然後一個猛力之後便開始大力衝撞，更加擠壓著露易絲的身體。而權澤舟也跟著逼不得已地被壓向牆壁，後腦接連重重地撞上牆面，發出砰砰的聲響。

「啊呃嗯……哈啊……太、哈呃嗯、啊嗯……！」

露易絲簡直被折磨到要崩潰，強烈的快感使她眼前閃現白光，發出如尖叫般的呻哦，全身翻騰起來。不知她從哪來的力氣，那被欲望支配的身體恣意地壓在權澤舟身上。傑尼亞毫不留情地在露易絲的身上肆意掠奪，抽插的動作幅度之大，以至於雖然實際上受折磨的是露易絲，權澤舟卻有種是自己被侵犯的錯覺。當傑尼亞的身體貼近過來時，他甚至感到腹部深處像被貫穿了一樣，伴隨著一種無法形容的鈍痛在他的鼠蹊處擴散開來。

權澤舟試圖從這種怪異的境地中逃脫，想要將傑尼亞推離開來。然而，還沒等他有所動作，傑尼亞就先一步抓住了他的手腕。他緊緊握住權澤舟的雙臂，無論權澤舟如何掙扎，都無法擺脫那如怪物般的巨大力量，手腕在與傑尼亞的角力中顫抖不已，最終還是被無情地壓在了牆上。傑尼亞將權澤舟徹底禁錮，然後毫無顧忌地繼續聳動他的腰，讓權澤舟陷入更深的無力感。

「這瘋子……！」

「啊嗯……啊！」

權澤舟剛罵出一句髒話，露易絲便像是快死了一般哀叫著。她為了支撐那不斷滑落的身體，緊緊抓住了權澤舟的大腿。而權澤舟則被這對陷入極度快感的男女徹底壓制，無可反抗。他不爽地怒瞪著傑尼亞，兩人的視線頻頻碰撞在一起。事實上，從傑尼亞進入之前，他的目光就沒有從權澤舟身上移開過。

這個瘋子。到底想幹什麼？

即便權澤舟試圖轉頭避開，傑尼亞的視線依然如影隨形。他的眉頭因麻痺理性的灼熱感而扭曲、痛苦不堪，但即使如此，他也從未放棄盯著權澤舟。隨著傑尼亞不斷加快速度，權澤舟的下體彷彿有個不存在的口洞在被戳刺，這種感覺怪異到不行。當那龐大的身軀緊貼上來時，儘管權澤舟也是男人，卻依然感到窒息。模糊之中，他覺得自己好像會就這樣消失，被壓碎到失去形體。

會被對方吃掉的——那多次警告自己要遠離他的第六感，此刻不停地在腦中拉響警報。視線不受控地上下晃動，眼前的一切都翻轉成黃澄澄的景象。在這樣荒唐的情況下，根本無法保持正常的思考。

露易絲溼到出水的陰阜和那傢伙的巨物不停歇地交合，摩擦出咕啾咕啾的聲響。耳邊一陣暈眩。性器一鼓作氣連根沒入，再退至只剩龜頭在裡面的程度，反覆著這樣的抽插。暴走的性器偶爾會不小心滑出來，有好幾次直接戳在權澤舟的膝蓋或大腿上，力道猛到簡直快把他捅出一個洞來。傑尼亞有時甚至會故意用他殷紅的龜頭偷偷蹭著權澤舟的大腿。每當權澤舟試圖反抗這可疑的行為，他就會若無其事退開。

權澤舟遭受到了徹底的羞辱。那傢伙似乎懂得如何進行間接性的侵犯。雖然表面上露易絲是被索求的對象，但實際上，傑尼亞肆無忌憚蹂躪的不是她的身體，而是權澤舟的自尊心。隨著一切都在他的掌控下前後擺動，權澤舟感到的恥辱，比起被直接貫穿身體還要強烈。

「呃啊、啊、啊、哈啊、哈啊啊啊！」

露易絲連連嬌喘著，沒過多久，隨著一聲沉悶的啪聲，傑尼亞忽然從她體內抽離。無半點防備的露易絲宛如突然遭到電擊，身體控制不了地發著抖。傑尼亞握著性器退出，還沒到達頂點就被拔出來的陰莖不滿地跳動著。他於是拿著那傢伙對著權澤舟的大腿重重摩擦，原本像個獨立有機物般奮力張合尿道口的陰莖突然噴發，傑尼亞扣住權澤舟的手掌也頓時收緊。

「呃呃……」

濃稠的精液射到空中。權澤舟反應很快地轉過頭，卻無法躲避那濺到他眼皮上的體液。黏糊糊的精液慢慢順著權澤舟的臉頰流下，傑尼亞直到此刻也還沒鬆開權澤舟的手腕。

「哎呀，糟糕了……我不是故意的。」

傑尼亞用這種鬼話當藉口，說完咧嘴笑了起來。權澤舟瞪著傑尼亞，恨不得將他撕碎。被精液噴到眼睛的他，眼白和眼眶都紅了起來。他的下顎繃緊了線條，青筋畢現。緊握的拳頭因無法抑制的怒意而顫抖不已。

總有一天，他一定要親手宰了這傢伙。

又是個新的一天。權澤舟洗完臉出來時，廣播通知不久將抵達伊爾庫次克。他這時總算明白為什麼車廂內變得這麼喧鬧。伊爾庫次克是世界上最大淡水湖貝加爾湖的城市，也是西伯利亞橫貫鐵路旅行的主要景點。大多數旅客都會在那裡下車，露易絲也不例外。

從早上開始，傑尼亞就沒露過面。權澤舟不知道他一個人在忙些什麼，明明是搭檔，但他要去哪裡從來不提前說一聲。這樣和獨自執行任務有什麼不同？反倒還把時間浪費在一些不必要的事上。

權澤舟自然而然地想起昨晚的事，情緒一下子低落了下來。每當那場景浮現在腦海時，他都會衝去洗好幾次臉，但心裡的不快卻一直無法排解。臉頰上似乎仍舊能感受到黏液的觸感。傑尼亞雖然說那是意外，但不管怎麼看，那都是他故意的挑釁。權澤舟心裡為此更加憤怒。

咬牙切齒的權澤舟努力搖了搖頭。若是對那種下三濫的惡作劇耿耿於懷，那就落入他的圈套了。無謂的雜念只會把事情搞砸而已。即使這名不知道是搭檔還是妨礙者的瘋子讓他心煩意亂、污染了他的眼睛，權澤舟還是必須保持著平常心。

活動了一下手指的關節，他開始查看監視畫面。

「……！」

權澤舟沒想到洪余旭的座位上竟然空無一人。他是去上廁所嗎？過去的幾天裡，他每天上午都會離開座位一兩次，通常是去洗手間。所以只要等待一下，他應該很快就會回來。

然而，過了好一陣子，洪余旭依然沒有出現，不能再拖下去了。權澤舟迅速拿起柯爾特手槍，走出了包廂。

特等艙的走廊依然寂靜無聲。原以為傑尼亞可能在外面打電話，但也不見他蹤影。這傢伙老是在關鍵時刻消失。

權澤舟一邊走在走廊裡，一邊戴上了耳機。手機螢幕上顯示著音量控制裝置。他當然不是要悠哉聽音樂，而是謹慎地調節著觸控輪，將手機靠近每一扇特等艙和一等艙的門。音量被調到最大時，房間裡的動靜遂透過耳機清晰地傳遞過來。有的房間傳來深沉的呼吸聲，還有的房間裡則是邀請同行人喝咖啡的聲音。然而，並沒有捕捉到任何有意義的動靜。

最好還是直接去二等艙找找洪余旭的下落。仍戴著耳機的權澤舟穿越了車廂。可能是因為二等艙的乘客大部分都是出遊的旅客，整個車廂都因窗外一眼望去無邊無際的雪原而顯得熱鬧非凡。旅客們對那孤零零立在雪地中的樹木發出驚嘆聲，忙著拍照，完全沉浸在景色中。這也使得權澤舟在車廂內的行動變得舉步維艱。

他小心翼翼地向前移動，一步步檢查每個座位的情況。洪余旭可能已經發現自己被監視而躲藏在某處。列車從昨晚開始就沒有停過站，洪余旭不可能憑空消失，也不可能遁入地底下。所以，只要耐心地一個一個仔細搜索，就一定能找到他。

明知應該如此，但當目標真的消失不見時，還是忍不住會感到焦慮。若是傑尼亞能稍微配合一點，他們應該可以輪值留守，每十二小時交接一次，確保目標始終在監控之中。可惜那傢伙天生如此不負責任，所以權澤舟至少自己要時刻保持警惕才對——但他卻一時鬆懈，不小心落入對方的誘惑之中。想到這裡，權澤舟感到懊悔不已。心急如焚的他於是加快腳步。

穿過二等艙的他被行李和人群擠得筋疲力盡。現在，眼前只剩下三等艙尚未搜查。那裡本來就狹窄混亂，現在還接近抵達時間，恐怕已經變成了如同市集般的場景。

權澤舟深吸了一口氣，推開了車廂門。

「嗚哇啊啊啊啊……！」

首先聽見的是孩子的響亮哭聲。地板上幾乎找不到可以落腳的地方。悶熱的空氣中充滿了陳舊的霉味，人們要麼精神亢奮地喧嘩著，要麼疲憊不堪地癱倒在座位上。商販們神情嚴肅，專注地搬運和整理他們的大包小包。要從中穿越本來就很困難，更別提還要仔細找出洪余旭，簡直令人窒息。

權澤舟一邊撥開擁擠的行李，一邊不斷轉動眼睛，仔細檢查著每個人的面孔，搜查著座位的角落以及堆積如山的行李包裹。但無論他怎麼找，都沒有見到洪余旭的蹤影。他是去了洗手間還是餐廳嗎？權澤舟整理了一下皺巴巴的衣服，隨即轉向餐廳列車繼續尋找。

一打開門，一股濃郁的咖啡香撲鼻而來。雖然已是早晨，但餐廳裡的人並不多，這讓搜尋變得更加輕鬆。這裡零散地坐著幾個乘客，其中唯一的東方面孔是坐在那裡的女人。權澤舟甚至不必懷疑她是不是洪余旭變裝後的樣子，畢竟她的體型和他相差太多了。而若要偽裝成西方人，時間似乎也不夠充裕。最終，權澤舟什麼也沒發現，失望地離開了。

同時，一個新的疑問浮現在他的腦海。洪余旭不見了也就罷了，但至今也沒見到傑尼亞的人。他已經徹底搜查過所有地方，絲毫沒有他的蹤影。以傑尼亞的體型和強烈的存在感，根本不可能忽略掉他。那傢伙到底上哪去了？

權澤舟反覆斟酌，一邊望向走廊的車窗。窗外的雪原依然無止盡地延展。零星的老樹也被厚厚的白雪覆蓋著。每當陽光照射在雪上時，雪地便會閃閃發光，就像被灑滿了金粉。他無意識地望著窗外，心中整理著各種思緒。

就在這時——

「……？」

權澤舟猛地轉過頭去，正前方是主要供二等和三等艙乘客使用的廁所。剛才他突然感覺到那邊似乎有些動靜。

他慢慢走向那裡，把耳朵貼在門上，但沒有聽到任何聲音。他掏出手機，緊貼在門上，隱約從耳機聽到有衣服摩擦的聲音。會是洪余旭嗎？還是傑尼亞？

權澤舟毫不猶豫地轉動門把，然而門從裡面被上了鎖。這很奇怪，因為在橫貫列車上，每當接近停靠站時，廁所會被暫時鎖住，時間短則十分鐘，長則三十分鐘。像伊爾庫次克這樣的大站，通常會鎖定約三十分鐘。當他離開包廂時，距離到站只剩下四十分鐘左右，所以現在應該還剩不到二十分鐘。按理說廁所應該已經鎖上了，但裡面怎麼會有人呢？也許是列車的工作人員。不過保險起見，還是要確認一下才可以。

權澤舟退後了幾步，從腰側拔出了柯爾特，並將槍口對準了門。

就在這時，他突然感覺後腦杓一陣緊縮，那是來自本能的警告。他立刻轉身，回頭掃視，看到一個穿著外套的男人從視線中一閃而過。他戴著連帽衫的帽子和口罩，無法看清長相。權澤舟毫不遲疑地將柯爾特對準了他。幾乎同時，對方也掏出槍瞄準權澤舟。兩人的手臂在空中交錯。

他是誰？是洪余旭嗎？

權澤舟半扣著扳機，試圖確認對方的身分。然而剎那間，一股沉重的衝擊猛地襲擊了他的後腦。

「……嗚！」

頓時，視線變得昏暗，像破碎的玻璃般碎裂開來。這是他意想不到的襲擊，他連廁所門打開的聲音都沒聽見，也沒有任何預兆。

權澤舟摀著頭，踉蹌了一下。頭部被擊中的地方果然還是裂開了，滾燙的液體順著脖子淌下，一時間血腥味四溢。儘管頭暈目眩，他仍然維持著對敵人的警惕，槍口在身穿外套的男子與廁所門之間來回瞄準。

然而撐不了多久，權澤舟膝蓋忽地一軟，隨即整個人無力地倒下。他努力撐住地面，想要站起來，但那只不過是理智在垂死掙扎。他的身體已經完全癱軟，無法動彈。

視線越來越模糊，他隱約看見接近的黑影晃動著，但視力早已失常，甚至不確定兩人之中是誰穿著黑色外套。即便如此，他仍然感到一股揮之不去的強烈既視感。

在意識逐漸朦朧之際，權澤舟彷彿看到了傑尼亞的身影。

——《CODENAME：ANASTASIA 代號：安娜塔西亞 02》待續

高寶書版集團
gobooks.com.tw

CRS073
代號：安娜塔西亞 01
CODENAME: ANASTASIA 01

作　　者　少年季節（Boyseason）
封面繪圖　Han
譯　　者　鮭魚粉
編　　輯　賴芯葳
美術編輯　林鈞儀
排　　版　彭立瑋
企　　劃　李欣霓

發 行 人　朱凱蕾
出　　版　朧月書版股份有限公司
　　　　　Hazy Moon Publishing Co., Ltd.
地　　址　臺北市內湖區洲子街 88 號 3 樓
網　　址　www.gobooks.com.tw
電　　話　(02) 27992788
電　　郵　readers@gobooks.com.tw（讀者服務部）
傳　　真　出版部　(02) 27990909　行銷部 (02) 27993088
郵政劃撥　19394552
戶　　名　英屬維京群島商高寶國際有限公司臺灣分公司
發　　行　英屬維京群島商高寶國際有限公司臺灣分公司 / Printed in Taiwan
　　　　　Global Group Holdings, Ltd.
法律顧問　永然聯合法律事務所
初版日期　2025 年 7 月

國家圖書館出版品預行編目 (CIP) 資料

代號：安娜塔西亞 01 / 少年季節（Boyseason）著；鮭魚粉譯 . -- 初版 . -- 臺北市：朧月書版股份有限公司出版：英屬維京群島商高寶國際有限公司台灣分公司發行 , 2025.07
面；　公分 . --

譯自：코드네임 아나스타샤

ISBN 978-626-7642-24-5 (第 1 冊：平裝)

862.57　　114006311

朧月書版

朧月書版